JN100650

お姉様、いつまで私のこと
「都合のいい妹」だと思っているのですか？
～虐げられてきた天才付与師は、
第二の人生を謳歌する～

片山絢森

目次

プロローグ……6
第一章　有能な姉と無能な妹……8
第二章　公爵閣下に拾われました……37
第三章　食べ物につられる……64
第四章　エリーの能力……77
第五章　ジャクリーンの栄華と誤算……92
第六章　魔力付与……106
第七章　閣下の語弊……125

第八章　四属性付与と四種の宝石……140
第九章　姉、暴れる……175
第十章　その身に返る……194
第十一章　騒動の後で……207
エピローグ……229

書籍限定書き下ろし番外編

招かれざる客がやってきました……250
あとがき……304

アーヴィン
元王宮魔術師の公爵。魔導具の研究をしており、夢中になると周りが見えないタイプ。語弊を招くような言い回しが多いが、本人に悪気はない。
エリー
姉の代わりに魔力付与の仕事を請け負っている少女。両親も姉の味方のため誰にも助けを求めることができず、搾取される日々を送っていた。実はすさまじい魔力の持ち主。姉に捨てられた後はアーヴィンに保護され、助手として魔導具の研究を手伝うようになる。
Characters

お姉様、いつまで私のこと「都合のいい妹」だと思っているのですか？

～虐げられてきた天才付与師は、第二の人生を謳歌する～

ジャクリーン

エリーの実姉で、ブランシール工房の店主。美しく聡明な天才付与師と呼ばれているが、実際はエリーにすべての仕事を押しつけ、自分の手柄にしている。

サイラス

明るくフレンドリーに振る舞うアーヴィンの従者兼助手。アーヴィンのことを「閣下」と呼んでいる。

ロドス伯爵家

ロドス伯爵

魔導具に精通している野心家。ジャクリーンの才能を高く評価している。

アラン

ロドス伯爵家長男。父親とともに魔導具の売買を行っている。

プロローグ

この世界には、【魔力】と呼ばれる力が存在する。

火・水・風・土の四属性に始まって、雷や氷などの別属性。光、闇、その他《ほか》にも色々ある。

中には無属性と呼ばれるものもあり、すべての魔力の源となる。それを使えば、魔力を増幅する事も、逆に中和する事もできる。その分魔力の消費は大きいが、もっとも使い勝手がいい。

また、純粋な無属性は、すべての魔力を凌駕《りょうが》するとさえ言われている。

それらの力を使い、彼らは様々な事を行うのだ。

それは一般的に、【魔法】と呼ばれている。

魔法は魔力がなければ扱えない。そして、魔力は誰にでもあるものではない。

魔力を持つ者を【魔力持ち】といい、国民の五人にひとりがそれに当たる。決して珍しいとは言えないが、その強さには上下がある。

強い魔力を持つ者は、多くが貴族の家に生まれる。

中には平民の家に生まれる場合もあるが、そんな例はめったにない。

基本的に、魔力は血筋によって継承される。そのため、平民のほとんどはごくわずかな力しか持たない。せいぜいがマッチに火をつけたり、わずかな水を生み出すくらいだ。

プロローグ

彼らは魔力を何かに込める事も、それを自在に操る事もできない。少なくとも、半数以上は。

『魔力を何かに込める事』。これを一般的に、【魔力付与】という。

魔石や宝石に魔力を込めて、魔法が使えるようにする。

魔法陣やお守りに魔力を込めて、魔除《まよ》けの効力を持たせたりする。

魔導具と呼ばれる道具の場合、それを動かす起動力にもなる。

どれも貴重かつ、重要な力だ。

ただの平民にできるのは、ほんのわずかな魔力を込めて、ささやかな小銭を稼ぐ程度。それでも、できるのは十人にひとりくらいだ。それくらい魔力付与は難しい。貴族の魔力持ちでさえ、できない人間がいると聞く。

平民にとっての魔力は、あくまでも生活の足しレベル。それ以上は望めないし、望むべくもない。

だがそれでも、魔力持ちは優遇される。

そう――優遇される、はずだった。

これは、平民の家に生まれた少女が、自らの幸せをつかむお話。

優秀で美しい姉に虐《しいた》げられながらも、自らに隠された能力に目覚めて、本当の幸せに出会うお話。

第一章　有能な姉と無能な妹

「エリー、エリー！　何をぐずぐずしてるのよ、さっさと魔力付与しなさいよ！」

「……は、はーいっ」

甲高い声でわめかれて、エリーは慌てて立ち上がった。

粗末なワンピースをひらめかせ、急いで声の主《ぬし》の元へと駆け寄る。

そこにいたのは、豪奢《ごうしゃ》なドレスを身にまとった美女だった。

真っ赤な髪に、色鮮やかな紫の瞳。不機嫌そうな顔をしているが、その美しさは際立《きわだ》っている。誰もが見とれるような美女は、フンと意地悪そうに鼻を鳴らした。

「ほんと、なんであんたみたいなのろまな愚図が、あたしの妹なのかしら。まったく使えない子よね、嫌になるわ」

「ご、ごめんなさい、お姉さま……」

「お姉さまって呼ぶなって言ってるでしょ！」

バシッと手にした扇で頬《ほお》を叩かれる。

「ジャクリーン様と呼びなさい。いつになったら覚えるの？」

衝撃によろけた小柄な体が、踏ん張り切れずに尻もちをつく。それを見下ろし、ジャクリーンと名乗った美女は舌打ちした。

「あんたを殴ったせいで、扇が壊れたじゃない。どうしてくれるのよ」

「も、申し訳ありません、おね……ジャクリーン様」

「あとで直しておきなさい。いいわね？」

反論を許さない声で言い、ひびの入った扇を少女に投げつける。それは額に当たり、ひどく痛そうな音が響いた。

「それより、付与」

ジャクリーンが顎《あご》をしゃくる。

彼女が示した先、部屋の中央にある大机の上には、一抱えもあるほどの箱があった。中には灰色っぽい石が入っている。

つるりとした光沢の、何の変哲もない石だ。よく見るとわずかに色合いが異なり、濃い色や薄い色が混じっている。形や大きさも様々で、小指ほどのサイズから、握り拳くらいの大きさまであった。

【魔石】と呼ばれるこの石に魔力を付与する事が、エリーの大切な仕事だった。

（どうしよう……）

大箱にはぎっしり魔石が詰まっている。

さらに宝石のついた耳飾りと、魔法陣を組み込んだお守りもある。

「わ、私、今日はとっくに魔力切れで……きゃっ」

バシン、とふたたび頬を叩かれる。

「つべこべ言ってないで、さっさとやれって言ってるの。魔力切れならポーションを飲めばいいでしょ。さっさとやらないと、ひどい目に遭《あ》わせるわよ」

そう言うと、ジャクリーンはそばに置いてあった小瓶を手に取り、エリーへと投げ与えた。

「多少副作用はあるけど、効き目があるんだから。飲みなさい」

「でも、それは、飲みすぎると体の痛みがひどくて……」

今日はもう、摂取可能な上限いっぱいまで飲んでいるのだ。それでも作業が終わらずに、ほとんど死んだようになって続けていた。それはジャクリーンも知っているはずなのに。

渡されたポーションは、確かに一時的に魔力が回復するものの、反動でかなりの苦痛を伴う。無理やり魔力を活性化させるため、身体への影響も少なくはない。副作用による危険が指摘されたため、現在は使用が禁止されているものだ。

もうしばらく休めば、多少は魔力が回復する。それからでも遅くはないはずだったが、ジャクリーンは「駄目よ」とにべもなく言った。

「今日中に終わらせるって約束してしまったんだもの。待ち合わせまで時間がないの。すぐにやりなさい」

「でも……」

「できないなら、また痛い目に遭わせてあげましょうか？」

新しい扇を手に取られ、エリーは「ひっ」と悲鳴を上げた。

扇で殴られるのも確かに痛いが、彼女の言っているのは別の意味だ。

五つ年上のジャクリーンは現在二十一歳。エリーの姉で、美しく優秀な令嬢だ。……少なくとも、表向きは。

彼女を一言で言い表すなら――暴君。

彼女の得意技は、「他者に魔力を流し込んで苦痛を味わわせる」といったもので、その痛みは筆舌に尽くしがたい。幼いころからエリーは彼女の戯《たわむ》れに、暇潰しに、八つ当たりにと、さんざん痛めつけられてきた。

両親も美しく賢いジャクリーンがお気に入りだったようで、エリーが泣いて訴えても、いじめられて逃げ込んでも、ろくにジャクリーンを咎《とが》めもせず、逆にエリーの事を叱る始末だった。

――ジャクリーンの宝石を持ち出したんだって？　悪い子だ。

――ジャクリーンのドレスがうらやましくなって、破いてしまったんですってね。

――ジャクリーンに焼きもちを焼いて、暴力を振るったそうじゃないか。

どれもこれもやっていない。

けれど、言葉巧みに自分が被害者であると訴え、「ひどいわ」と嘘泣きする姉の姿を見せられているうちに、両親は完全にジャクリーンの味方になってしまった。

エリーが何を言っても耳を貸さず、ジャクリーンの言い分ばかりを聞き入れる。

いつの間にか、エリーはすっかり「出来の良い姉を妬《ねた》んで嫌がらせする無能な妹」という扱いになってしまった。

何度も姉の暴君ぶりを訴えたはずなのに、どうしても信じてもらえなかった。

エリーは平凡な容姿を持つ、平凡な娘だ。

髪はぱさついた金髪で、目の色は紫。ジャクリーンのような美しい色ではなく、灰が混じったようなくすんだ色だ。

唯一得意なのが魔力付与で、形あるものにささやかな魔力を込める事ができる。特に魔石《ストーン》・宝石は人気が高く、装飾品としても売れている。

魔石は魔力を宿すため、魔力を込めれば高値がつく。

魔石と違い、宝石にはそれほど強い魔力を込める事ができないが、宝石自体の価値と、魔石にはない美しさ、そしてアクセサリーとしての人気から、それなりにいい値で売れる。特にお守りとしての効果が高く、若い女性にも人気がある。

それに目をつけた姉が「店を始める」と宣言した五年前から、作業場はエリーの自室になった。

最初は細々と始めたはずの仕事だが、時を経るに従い、少しずつ新しい依頼が舞い込むようになった。それと同時に、エリーの仕事量も年々増え、ここ二、三年は休む暇もない。依頼内容も格段にレベルが高いものとなり、ひとりではこなし切れないほどだ。

エリーの仕事は、魔石や宝石への魔力付与。

魔法陣や魔導具に付与する事もあるが、基本的には魔石が多い。手に入りやすい事もあるが、魔石への付与がもっとも一般的なため、需要もそれなりに多いのだ。

魔力付与とは、言葉の通り、魔力を付与する事を言う。

文字にすると簡単だが、それができる人間は多くない。大体魔力持ちの十人にひとり程度、十分な付与ができる人間はもっと少ない。

最初のころ、魔力付与に失敗したエリーは姉に激怒され、さんざん罵倒されて引っぱたかれた。

――どうしてくれるのよ、この役立たず！

――ごめんなさい、ごめんなさい、おねえさまっ……。

――罰として、今晩は食事抜きよ。この宝石ひとつで、どれだけのお金がかかってるか分かってるの⁉

あの時の恐怖は、今でも夢に見るほどだ。

おかげで今は、付与を失敗する事もない。

宝石の魔力付与は難しく、まだ子供のエリーにできるはずもなかったと知るのはずっと後の事だった。もっとも、姉がそれを考慮に入れるかは分からないが。

ため息をつくと、視界の端に魔石が映った。

魔石は宝石と違い、付与はそれほど難しくない。だがその分、多くの魔力を必要とする。慣れていない人間なら、二、三個付与しただけで疲れてしまう。少し休めば回復するが、続けてするのは難しい。

おまけに、属性の事も考えなければならない。

火と相性のいい魔石には火の魔力を、水と相性のいい場合には水の魔力を。

無属性の魔力はどの石にも付与できるが、魔力を余計に消費する。ただし、使い勝手が良くなるため、ジャクリーンに命じられる付与は無属性がもっとも多い。

他にも、特定の魔力しか受けつけない石や、付与との相性が悪い石、とんでもなく魔力を消費する石などがあり、一目見ただけでは判別できない。そして、姉はそんな言い訳を聞いてくれるような人間ではない。

魔石との相性を見極めながら、上限いっぱいまで魔力を付与する。

正直、気力体力ともに消耗するため、現在でもぎりぎりの状態だった。

（疲れた……）

酷使した体は重く、魔力を使いすぎたせいで目まいがする。

姉も魔力付与は得意なはずだが、最近はすべてエリーに任せ、自分の魔力は自分のためだけに使い切っている。髪の艶《つや》を増したり、瞳を輝かせたりするには多くの魔力が必要で、「余計な事に消費している分はない」らしい。

それを言うならエリーもそうだが、姉に仕事を命じられるようになってから、自分のために魔力を使えた日は一度もない。それどころか魔力欠乏ぎりぎりの日も珍しくなく、いつもへとへとに疲れ切っていた。

お腹《なか》もぺこぺこだし、横になって休みたい。

とっくに限界は超えているのだ。少しでいいから休息が欲しい。

当然、倒れる事もしょっちゅうだったが、そんな事を気にかける姉ではない。どこかから調達してきた違法な薬を飲まされ、魔力が回復するポーションを与えられ、副作用で地獄の苦しみを味わいながら、奴隷のように働かされてきた。

頼みの綱の両親は、外面《そとづら》の良い姉に乗せられて、景色のいい保養地へと移り住んでいる。彼らがいなくなってから、姉はそれまで以上にエリーをこき使うようになった。

何度か両親に手紙を出したが、返ってくるのはいつも「お姉ちゃんの言うことを聞きなさい」「ワガママを言っては駄目よ」ばかりで、やがてエリーの心が折れた。ささやかな楽しみがなかったら、本当に立ち直れなかったかもしれない。

逃げ出そうとした事もあるが、なぜかいつもその前に見つかり、「お仕置きよ」と称して魔力を流し込まれた。かろうじて悲鳴は上げずに済んだが、しばらく動けなくなるほどの痛みだった。

助けを求めても無視されて、逃げようとしたら捕まり、エリーはやがて何も考えられなくなった。

今では姉に言われるがまま、命じられた仕事をこなしている。

せめてもの救いは、自分の行う魔力付与で、喜んでくれる人達がいる事だ。

魔力を持たない人がいる以上、この力は彼らの役に立つ。

そう思える事が唯一の慰《なぐさ》めで、ささやかな心の支えだった。

——ただし、最近ではそれも難しくなっていたけれど。

「ちょっと、何してるのよ。さっさとやれって言ってるでしょ」

「は、はいっ」

ひっそりと浮かんだ笑みを見られたらしい。慌ててエリーが顔を引きしめる。

ジャクリーンはフンと息を吐き、じろりとエリーを見下ろした。

「遅れたらひどいわよ。いいわね？」

「分かってます」

言われなくても、そんな恐ろしい目に遭いたいはずはない。

ポーションを口に含み、無理やり飲み下す。これでしばらくは体が保《も》つ。

無理やり魔力を回復させるため、気持ち悪さと吐き気が込み上げてくる。それが終わると、全身の激痛だ。ただし、これには時間差があるので、今はまだ体が動く。

魔石を手に取りながら、エリーはこっそりとジャクリーンの顔を見た。

この恐ろしくて美しい姉は、本当に自分の身内なのか。

身内ならなぜこんな目に遭わせるのか。もしかして、何か理由があるんじゃないか。

そう思ったのは遠い昔だ。

世の中には自分の事しか考えていない人間がいる。

彼らにとって、血がつながっているのは些細な事で、そこには紙切れ一枚ほどの価値もない。

彼らは身内を「他人よりも迷惑をかけていい存在」としか見ていない。

肉親の情も、兄弟愛もそこにはない。あるのはただ、「こいつらはどれだけ利用できるか」というシビアな目だ。

姉のジャクリーンは、まさにそういう人間だった。

彼女にとって、「魔力付与ができる妹」は、金の卵を生み出す便利な道具で、使わなければもったいない。そういう程度の認識なのだ。当然、妹に拒否権があるはずもない。

（なんであんな人が姉なんだろう……）

言われるまますべての品に魔力付与すると、姉は上機嫌で出かけていった。

「ご褒美《ほうび》をあげるわ」と、硬いパンと水のように薄いスープが与えられ、それが今日の夕食となる。とはいえ、今は食べる事もできないほど疲れ切っている。

ちなみに、どちらも姉の食べ残しだ。

特にスープはただの水を入れて嵩《かさ》増ししただけの、ほぼ水である。

姉は料理をまったくしないので、これもエリーが作ったものだ。出来立てはおいしかったはずなのに、三日も経てばこうなるのか。姉は味にはうるさいので、好みと違えばぶちまけられる。もちろん、手が出るところまでが一連《ワンセット》の流れだ。

そんな目に遭っても、エリーは姉に逆らえない。

心の支えとは別に、そこには現実的な理由がある。

あの苦痛をもう一度味わうくらいなら、空腹を我慢した方がいい。

少なくとも空腹は痛くない。そっちの方が少しはマシだ。

それがどれだけ歪《いびつ》な事かは、考えないでいる。

(疲れた……)

ぎしぎしと体中が悲鳴を上げている。

無理やり魔力を回復させたため、ここからが辛《つら》い時間だ。せめて気を失ってしまえば、苦痛の時間が短くて済むのに。

（ああ……もう、辛いなぁ）

逃げたいと思う気持ちはとっくに消えて、今はただ休みたい。

姉はきっと、顧客《こきゃく》となっている裕福な商人か、貴族の令息と出かけているのだろう。それなら当分帰ってこない。少しは長く休めるだろう。

ああでも、他にもやらないといけない事がある。

明日までにと言われた魔石は二百、宝石は三百だ。それだけでなく、特殊な魔導具に付与するようにも言われている。

掃除や洗濯もまだ途中で、肉や魚の仕込みもまだで、アイロンがけを命じられたドレスもそのままで――そうだ、壊れた扇も直しておかなくちゃ。あれはどうしたらいいんだろう。

（早く……やらない、と……）

気持ちとは裏腹に、体がまったく動かない。

強くなる痛みに苛《さいな》まれながら、エリーは意識を失った。


エリーはジャクリーンの実の妹だ。

エリー・ブランシールと、ジャクリーン・ブランシール。

平民の家に生を受け、王都の一角で暮らしている。王都には貴族が暮らす高級な一帯があるが、そんなものとは無縁の世界だ。王宮も遠目で見た事はあるが、足を踏み入れた事はなかった。

それは姉も同じはずだが、いつの間にか姉は貴族の集まる場所に出入りして、高位貴族とのつながりを作り、姉の店である「ブランシール工房」を成功させている。その手腕は、見事としか言いようがない。

自分とはまったく違う優秀な姉に、エリーはいつも圧《お》されていた。そして。

──あんたはあたしのために働くの。これからずっと、そうするのよ。

その言葉をかけられた日からずっと、エリーは姉の手に囚《とら》われている。


(気持ち悪い……)

夢うつつの中で、エリーは吐き気に見舞われていた。

頭が痛い。気持ちが悪い。体中がズキズキする。

でも、これはいつもの事だ。だから我慢していないと。

泣いたらジャクリーンにお仕置きされる。声を上げたら食事抜きだ。逃げ出そうものなら、どんな目に遭うか分からない。

ふたたび遠ざかりそうになる意識の中で、ぼんやりと今の状況を思う。

エリーとジャクリーンの姉妹は、幼いころから正反対だった。

美しく聡明なジャクリーンは人気者で、おとなしく凡庸《ぼんよう》なエリーは目立たない。

褒《ほ》められるのも注目を浴びるのもジャクリーンで、エリーはそのおまけだった。当然、ジャクリーンに敵《かな》うはずもない。両親にとってもジャクリーンは自慢の娘で、エリーはいつも放っておかれた。

実の両親でさえそうなのだ。近所でもジャクリーンは評判の美少女で、エリーとは扱いが違っていた。

彼女は外面を取り繕《つくろ》う事も上手で、彼女がした失敗はいつの間にかエリーのせいになり、エリーの手柄はジャクリーンのものとなった。エリーがしている魔力付与も、外ではジャクリーンが行った事になっている。エリーはただの下働きで、お荷物扱いだ。

違うとでも言おうものなら、即座に引っぱたかれて腕をつねられ、容赦なく魔力を流し込まれる。ジャクリーンの魔力操作は高く、魔力付与しかできないエリーに太刀打ちできるはずがなかった。

今では外出まで制限され、こうやって毎日こき使われる日々。

十六になる今も、エリーはジャクリーンの言いなりだ。

——いつまでこんな日が続くんだろう。

答えの出ない問いだけが、吐息の中へ消えていく。

翌日、朝帰りしたジャクリーンは機嫌がよさそうだった。

「あんた、またこんなところで寝てたの？　ほんとに愚図な子ね。みっともない」

「ご、ごめんなさい……」

「まあいいわ。言いつけた仕事は終わったの？」

尋ねられ、びくびくと頷《うなず》く。

起きたのは二時間ほど前だが、完全に寝入ってしまった事に青くなり、すさまじい速さで仕事をこなした。魔力付与は少し大変だったが、あの痛みを思い出せば無理が利いた。なんとか間に合った時は、心の底からほっとした。

出来栄えを確かめると、ジャクリーンは満足そうに頷いた。

「まあまあよくできてるじゃない。あんたにしては上出来よ」

「ありがとうございます」

「今日もたくさん注文が入ってるから、しっかりやりなさい」

エリーに任されている仕事は、通常なら複数人で行う量だ。けれど、ジャクリーンは手伝う気もなければ、新しく人を雇《やと》う様子もない。必然的に、それらはすべてエリーの仕事になった。

仕事を始めたばかりのころはうまくできず、しょっちゅうジャクリーンにぶたれていた。失敗がひどい時には魔力を流し込まれ、泣き叫んで許しを請《こ》うた。

あんな目には遭いたくないと、エリーは必死に勉強した。今ではかなりの量がこなせるようになったが、ジャクリーンの取ってくる仕事の量が尋常《じんじょう》ではない。結局、エリーの立場は「役立たずの妹」のままだった。

エリーが今もくじけずにいられるのは、魔石を必要としている人がいるからだ。

幼いころ、エリーが魔力を込めた石を、とても喜んでくれた人がいた。

これで家族が助かると、心から感謝してくれた。

その時に付与したのは、ごくわずかな無属性だった。それでも魔力を持たない人にとっては貴重なものだ。魔法陣と組み合わせたり、火や水の魔石と合わせれば魔法が使える。そんな人達にとって、エリーの魔力付与は役に立つ。

あの日の笑顔を思い出すだけで、胸の奥が温かくなる。

どれだけ姉が怖くても、投げ出すわけにはいかない。これはエリーの仕事なのだ。

(今日も、頑張《がんば》らないと……)

決意を固めるエリーの横で、ジャクリーンはドレスの具合を確かめていた。

この店が繁盛しているせいか、最近では貴族の夜会にも招かれているようだ。それに伴い、ジャクリーンの金遣いはますます荒くなっている。宝石やドレスも知らないものが増え、ジャクリーンの髪や肌は艶を増した。

見かけだけなら極上の姉なのだ。貴族に人気があるのも頷ける。

「あんたがこうして暮らしていられるのは、あたしが社交を頑張ってるからよ。あんたは魔力付与ができるだけの、ただの落ちこぼれ。あんたひとりじゃ仕事を取ってくることもできない無能よ。あたしに感謝して、これからもあたしのために頑張りなさい」

「………」

「何よ、その目。文句でもあるの？」

「ち、違います」

何も考えていなかったのだが、ジャクリーンの不興を買ってしまったらしい。慌てて何度も頭を下げる。すみませんすみませんと、必死で謝った甲斐《かい》があったのか、幸運にも手は出なかった。

「まあいいわ。あんた、いつでもぼーっとしてるもんね」

馬鹿にしたようにジャクリーンが笑う。

「ただ……あんた、最近魔力の回復が遅いわね」

「‼」

エリーがびくりと身をすくませる。

「気づかないとでも思ってたの？　いつもと様子が違うじゃない」

（どうして……）

通常、魔力の回復速度は人に見えない。本人にしか分からない事なので、エリーも口に出してはいなかった。

「もっとポーションの量を増やした方がいいのかしら。それとも濃度？　まあいいわ、そっちはあたしがなんとかする」

「は、はい……」

「失敗することだけは許さないわ。もしそうなら……分かってるわね」

上からねめつけられ、こくこくと頷く。

従順な妹に満足したのか、ジャクリーンは手早く身を清め、アイロンをかけたばかりのドレスに着替えた。

「じゃああたし、また出かけてくるから。夜には戻るわ」

（……助かった……）

短時間で出ていった姉を見送ると、エリーはその場にへたり込んだ。

近くの机には新しい仕事が山積みされていたが、今は殴られなかった事にほっとした。

それにしても、と息を吐く。

（やっぱりお姉さまはすごいわ。どうして分かったんだろう）

近ごろ、魔力の回復が遅くなっている気がする。

それどころか、以前よりも魔力が弱まっている気がするのだ。

わずかな変化だが、確かに感じる。

そしてそれは、たとえるなら、坂道を転がり出す直前のような、ひどく不穏な気配がした。

どうか気のせいであってほしい。

そう願いながら、エリーは魔力付与の準備を始めた。


——だが、その願いは叶《かな》わなかった。


「ちょっと、どうなってるの？　まだ終わっていないなんて」

「す……すみません。すぐやります」

「いつもの半分もできてないじゃない。どうしてくれるのよ」

ジャクリーンの声に苛立《いらだ》ちが増す。

それは分かっているけれど、どうしてもうまく付与できない。エリーはふたたび魔力を込めたが、ちっとも反応しなかった。

「ポーションは飲んだの？」

「の、飲みました」

規定量のポーションはとっくに飲んで、今も体中が痛くて苦しい。もっと飲めと言われた分も、吐き気をこらえながら飲み切った。

それでも魔力は回復しない。体がぐらぐらと揺れている。

（気持ち悪い……）

「もしかして、サボるつもりなの？」

ジャクリーンの視線が鋭くなる。

「違います、そんなこと……」

「あたしに口答えするんじゃないわよ！」

乱暴に小突かれて、エリーはその場に倒れ込んだ。

「あんたの魔力がこんなもんじゃないことは、あたしがよーく知ってるのよ。調子が悪いふりをして、魔力を温存しようっての？　小賢しい真似《まね》をしてくれるじゃない」

「そんなことしてません、お姉さま……っ」

「お姉さまと呼ぶなって言ってるでしょ！」

蹴りを入れられて、エリーはその場にうずくまった。

調子が悪いのは本当だ。ここ数日、体が妙に重くて、魔力がまったく回復しない。それどころか減り続け、今はほとんど底をついている。

ジャクリーンが用意した怪しげな薬も、普段よりも濃度の高いポーションも、すべて効果がないようだ。むしろ、それらが体の中で混ざり合い、とてつもない不快感がある。

「あんたがそのつもりなら、こっちにも考えがあるわ」

そう言うと、ジャクリーンが手をつかむ。

「やっ……」

何をされるか理解して、エリーは思わず身を引いた。

「あたしのために働けないって言うなら、動けなくなってもいいわよね？」

「……ああああああっ‼」

直後、すさまじい痛みが体に流れ込んできた。

ポーションの苦痛も相当なものだが、それとはまったく違うものだ。

全身に電流を流されて、体中をかき回されるような激痛。それが手をつかまれている間中、際限なく続く。

許して、違いますと何度言っても、姉は信じてくれなかった。

「ほんとに、ちが……魔力、戻らな……」

謝罪の言葉さえ出なくなっても「できる」と言わない妹に、ようやくジャクリーンは魔力を流し込むのをやめた。

「……本当に使えないの？」

「ご、ごめんなさ……」

ぼろぼろの姿を一瞥《いちべつ》し、何やら考え込んでいる。その姿に奇妙なものを感じたが、痛みがなくなった事にほっとした。

「まあいいわ。今ある分は全部終わらせておきなさい」

「はい……」

倒れたままのエリーを置いて、ジャクリーンは肩をそびやかせて家を出ていった。

ひとり残されて、ほっと息をつく。

（どうして魔力が戻らないんだろう……）

いつもなら、寝れば多少は回復した。

どんなに酷使されても、魔力が完全になくなる事はなかった。それなのに、今は何も感じない。

のろのろと立ち上がり、エリーは作業台に向かった。

どれだけ時間をかけても魔力付与はうまくいかず、最後には魔力切れを起こして倒れた。

その日仕上げられた品は、たった三十だけだった。


あれから数日が経過した。

エリーの魔力は減り続け、ポーションや薬でもどうにもならないほど悪化していた。

ジャクリーンは苛立ち、何度か手も上げられたが、できないものはどうしようもない。仕事のいくつかはジャクリーンがこなすはめになり、腹いせにエリーはまたぶたれた。

それでも魔力が戻ってくる気配はない。

そのころになると、ジャクリーンが家に帰ってくる頻度《ひんど》が減った。

（一体何をしてるんだろう……）

不思議には思ったが、仕事がないのはありがたい。今のエリーは、魔力をほとんど使えなくなっていた。

体のだるさも相変わらず続いている。

このままだと、倒れる日も近いかもしれない。

久々にジャクリーンが帰ってきたのは、そんなある日の事だった。

「この家、売ることにしたから」

「……え？」

「もっと広い家に住みたいと思ってたのよ。そうしたら、偶然いいお話をいただいて。本当に運が良かったわ」

ジャクリーンはうきうきした顔をしていた。いつもより上機嫌に見える。

「以前からあたしを気にかけてくださってたお得意様で、よかったらお屋敷においでって言ってくださったの。ゆくゆくは息子と結婚させるつもりだそうよ。ああ、なんてこと！　とうとう運が回ってきたわ」

目を輝かせ、うっとりした顔で言い放つ。

よく見れば、ジャクリーンはまた知らない宝石を身につけていた。

魔石ではないが、そこそこ値の張る品だ。ドレスも見た事のないものに変わっている。贅沢《ぜいたく》な刺繍《ししゅう》と華やかな色合いが、彼女をさらに美しく見せていた。

もしかすると、相手は貴族かもしれない。だとすると、行き先は貴族の家なのか。

「よかったですね、お……ジャクリーン様」

「それでね、あんたももういいわ」

「……え？」

一瞬、反応が遅れた。

「今までご苦労さまだったわね。あんたも好きに生きなさい」

「お……お姉さま？」

「今日だけは姉と呼ぶことを許してあげてもいいわ。だって、最後のお別れだものね」

ジャクリーンは慈悲深い顔でエリーを見ていた。

「あんたの症状について、お医者さまに聞いたのよ。典型的な魔力枯渇《こかつ》。ポーションや薬でも、もうどうにもならないんですって。失った魔力が戻ることはないそうよ。可哀想にね、エリー」

「ど、どうして……そんな」

「さあ？　あたしには分からないけど。でもそうね、もしかすると、働きすぎだったんじゃないかって言ってたわ。無茶な魔力の使い方をしたんじゃないかって」

申し訳なさそうに言いながらも、その表情は平然としている。青ざめたエリーの様子を見ても、眉《まゆ》ひとつ動かそうとしない。どうやらこの状況を想定していたらしい。

だとすれば、姉はいつからこの事を知っていたのか。

「もしくは、そうね。変な薬を飲んだせいかもしれないけど。でも仕方ないじゃない？　そうしないと、仕事が終わらなかったんだから」

「薬……って……」

エリーの脳裏に、様々な薬の姿が浮かぶ。

無理やり飲まされて、嫌だと言ったら口をこじ開けて流し込まれた。その後体調が悪化しても、彼女は自分を放って夜会に出かけた。

飲まなければ殴られるため、最後には言いなりになっていた。

あれが――原因？

ジャクリーンの顔には笑みがあった。瞳の奥が意地悪そうに笑っている。

声も出ないエリーの様子を観察しながら、ジャクリーンは歌うように言葉を続けた。

「魔力枯渇を起こすとね、全身の痛みに襲われながら、苦しみ抜いて死ぬんですって。髪や歯が抜け落ちて、顔中しわしわになって、みじめに朽ち果てていくそうよ。最期はとっても苦しいんですって。ああ、想像しただけでもぞっとする」

「そんな……」

「あんたはその魔力枯渇を起こしてるのよ、エリー」

魔力欠乏と魔力枯渇は違う。

欠乏の場合はしばらく経てば復活するが、枯渇の場合はそれがない。失われた魔力はそのまま、二度と回復する事がない。

そんな恐ろしい症状に、自分が？

あまりの恐怖に、エリーの体が震え出した。

「召使いで雇ってあげようかとも思ったんだけど、死にかけのあんたじゃね？　ほとんど魔力も残ってない上、回復もしない。さすがに役には立たなそうだし、新しい家にはメイドがいるんですって。だから、あんたはもういらないの」

「わ、私……」

「みっともなくて地味な上、魔力付与も使えないんじゃ、養ってあげる意味がないじゃない？この家はもう住めないから、今すぐ荷物をまとめなさい。ああそうそう、パパとママもこのことは知ってるから。訴えても無駄よ」

さ、出ていきなさいと告げられる。

「残り少ない人生、自由に生きるといいわ。言っておくけど、あたしに頼ろうとしないでね。あたしはもうすぐ貴族の妻で、あんたとは赤の他人になるんだから」

「ま……待ってください。急に出ていけなんて、そんなっ……」

エリーは必死に縋《すが》りついた。

姉から解放される事を夢見ていたが、これはさすがに予想外だ。

十一のころから姉にこき使われる日々を過ごしてきた自分には、外の世界で生きていけるだけの術《すべ》がない。

そんな状況の上、魔力枯渇で死にかけなんて、どうしたらいいか分からない。

「せめてこの家から追い出さないでください。お金なら払います。今までのお給料で――」

「お給料？　なあに、それ？」

だが、眉をひそめて言われた事に唖然《あぜん》とする。

「他に取り柄がないあんたのために、あたしが仕事を恵んであげたのよ。苦労したのはあたしでしょ？　あたしが稼いだお金はあたしのものよ。お給料なんて図々しい」

「そんな……」

「それと、家を売ったお金はあたしのものよ。あんたには自由をあげるんだもの、十分すぎるくらいじゃない？　これ以上何かもらおうとするなんて、浅ましいわ」

当然のように言われ、エリーはさすがに呆然とした。

思えば給金が支払われた事などなかったが、まさか姉は、身ひとつで自分を追い出そうというのか。

そんな事をしたら、ひと月だって生きていけない。いや、数日で飢え死にだ。

それを承知で追い出すというなら、それは。

「……ひどい……」

思わずこぼれた言葉に、ジャクリーンの眉がぴくりと動く。

はっとして口をふさいだが、遅かった。

鬼のような顔をしたジャクリーンに頬をぶたれ、よろけたところを突き飛ばされる。肩に腕に、嵐のような暴力を受け、エリーは必死に身を丸めた。

うずくまったエリーの髪を引っ張り、ジャクリーンは手を振り上げた。続く痛みを予感して、エリーがぎゅっと目を閉じる。

「魔力付与だけが取り柄の出来損ないが、生意気ね！　こっちだってあんたのせいで、予定がずいぶん狂ったのよ。仕事なんかしたせいで、髪と肌の艶が落ちたわ。全部あんたのせいじゃない！」

「すみません、お姉さま、ごめんなさい……っ」

「さっさとどこにでも行きなさいよ、この役立たず。あたしの目の届かないところで、とっとと飢えて野垂れ死ね！」

そう言うと、渾身《こんしん》の魔力を流し込まれる。

悲鳴を上げる暇もなく、エリーは気を失った。

第二章　公爵閣下に拾われました

夢の中で、誰かの声を聞いていた。

――仕事を頼みに来たんだが……どうやら、引っ越した後のようだな。

静かで心地いい、落ち着いた響き。

おそらく、まだ若い男性だ。

近くに別の人間の気配もする。

――この店の魔力付与は質が高い。他のところでは難しいな。

――でしたら、引っ越し先を調べますか？

――そうだな……おい、待て。何かいる。

その言葉とともに、視界が一気に明るくなった。

「……子供？」

「いや、十四、五くらいにはなってるんじゃないですか。家無し子かな？」

頭の上で交わされる会話を、エリーは目を閉じたまま聞いていた。

（違う……私、この家の人間です）

声を出そうとしたが、口が動かない。

体も泥のように重い。少し気を抜けば、ふたたび眠りの中に引き込まれそうだ。

「それにしては着るものが汚れていないし、臭くもない。……家があるにしてはひどすぎる服装だが……それに、痩せすぎだ」

「あ、嫌な予感がする」

「ここで見つけたのも何かの縁だ。連れていこう」

「予感が的中したー‼」

軽薄な口調と、どこか品のある落ち着いた口調。異なる二つの声が、エリーの上で話をしている。

「寝床と食べるものが必要だな。あとは服と靴と、それから薬と飲み物も」

「いや我が主《あるじ》、それは多分誘拐です」

「親か保護者がいるのか。いるならなぜ放っておく」

「うわぁ正論」

「いないなら連れていっても問題ない。いるならこんな目に遭わせる時点でろくでもない。

よって私が連れていく。何か問題が？」

「どっちにしても連れていくのは確定なんですね」

軽薄な声の主がため息をつく。どうでもいい口ぶりなのに、どこか面白がっているように聞こえるのは気のせいか。

けれど、エリーにとっては他人事ではない。

彼らが今話し合っているのは、間違いなくエリーの事柄のはずだった。

（え、待って）

声を出そうとしたが、口が動かない。

体も泥のように重い。少し気を抜けば、ふたたび眠りの中に引き込まれそうだ。

（待って、待って……私、まだ、なんにも言ってない）

助けられるというよりは、戸惑いと困惑の方が近い。

もっと言えば、今、誘拐されそうになっている？

「一応確認を取ろう。君は我々と行きたいか、それとも行きたくないか。行きたくないならそう答えろ。五秒待つ。五、四、三、二、一。……よし、了承は取った。連れていく」

「すごい詐欺《さぎ》師の手口を見た」

軽薄な声が言うより早く、ふわりと体が浮く感じがした。

「軽いな。家に着いたら食べ物を出そう」

「せめて俺に運ばせてもらえませんかね、閣下」

「必要ない。そして閣下と呼ぶな」

「ではアーヴィン様」

茶目っ気たっぷりに告げた名前を、エリーは意識の端につなぎ留めた。

「サイラスお前、本当にいい性格をしているな」

「お褒めに預かって光栄です」

「別に褒めたつもりはない。そして子供を受け取ろうとするな」

やいのやいのと言いつつ、エリーはどこかに横たえられた。

正確に言えば、肩にもたれるようにして座らされ、その後膝枕するように倒された。さらりとした感触に、上等な布地だと分かる。

目を閉じたまま、エリーはかすかに眉を下げた。

（私、昨日もお風呂に入ってないし、髪も洗ってないから、申し訳ないです……）

内心の思いは言葉にならず、吐息となって消えていく。

ふわ、と何かが髪に触れた。

「ゆっくり休むといい。目を覚ましたら食事だ」

それは彼の指先だった。

丁寧な手つきで、やさしく髪をなでられる。

その心地よさに、エリーはふたたび眠り込んでいた。

次に目を開けると、そこは知らない部屋だった。

広々としたベッドに、豪華な室内。

毛布はふかふかで、シーツもいい匂いがする。高い天井、敷き詰められた絨毯《じゅうたん》。窓には重厚なカーテンがかかり、窓辺に緑が揺れている。柱にはシンプルな装飾が施《ほどこ》されており、華美ではないが、さりげなく上等な造りだと分かる。

近くの棚には調度品《ちょうどひん》が置かれていて、魔石らしき石が目についた。

あれは……魔導具、だろうか？

起き上がろうとして、知らない服に着替えさせられている事に気づく。

見た事のない形の寝間着だ。患者服といった方がいいかもしれない。肌に触れる感触が心地よく、体をまったく締めつけない。腰のあたりで紐《ひも》を結ぶ形になっており、毛布をめくると、膝丈より少し長めだった。

「あ、目を覚ました？」

軽薄な声に目をやると、笑みを浮かべた男性が立っていた。

年齢は二十代半ばほどだろうか。明るい茶色の髪をした、感じのいい青年だ。彼は躊躇《ちゅうちょ》なく歩み寄り、エリーの額に手を触れた。

「んー、熱は下がったかな。顔色も悪くはないし。食事は？」

「え、あ……」

「食べられそうなら何か出すよ。と言っても、軽いものだけど」

答えるより早く、クウッと腹の音が鳴る。

「了解。すぐ準備する」

「……すみません……」

「こっちこそ。君、寝言でもしきりに謝ってたよ」

「……へ？」

「あれ、覚えてない？　逐一《ちくいち》確認取ってたんだけど。君、重度の魔力欠乏を起こして倒れてたんだよね」

食事の用意をしようと背を向けた彼を、エリーは慌てて引き留めた。

「魔力欠乏？」

「そうそう、あれ、気づいてなかった？　君の様子、魔力欠乏の症状そのままだったからさ。かなり重い症状だったから、気づいた時は焦ったよ」

すぐに手当てできて運が良かったと青年が笑う。だがしかし、エリーにはまだ信じられなかった。

「私、魔力枯渇じゃないんですか？」

「魔力枯渇？　違う違う、あれとは全然別物だよ」

詳しい話は後でと言って、青年が部屋を出ていってしまう。去り際に顔を出し、「あ、俺はサイラス。よろしくねー」とひらひら手が振られた。

ぽかんとしていると、別の声がした。

「……もう起きて大丈夫なのか」

「は、い——」

答えようとしたエリーはそのまま固まった。

目の前にいたのは、見惚れるほど容姿の整った男性だった。

つややかな黒髪に、ため息が出そうな藍色の瞳。

年齢は先ほどの男性と同じくらいだが、醸《かも》し出す風格が明らかに違う。見つめられているだけで心臓の音が高鳴ってきそうなほどの、ものすごい美形だ。こんなに美しい人間を見た事はなかった。

彼はわずかに目を伏せて、枕元の椅子に腰を下ろす。

仕立てのいいシャツから、ふわりといい匂いがした。

「同意を得た上で連れてきたつもりだが、改めて聞こう。君の希望は？」

「……はい？」

「あの場所がいいと言うなら、食事の後で連れていく。着替えと手当ては済ませておいたが、必要なものがあったら言ってくれ。ただし、君が同じ目に遭うと言うなら帰せない」

真面目に言う彼は、この上なくまともな顔をしている。

けれど、夢の中で聞いた話が現実なら、同意……取ったっけ？

「あ、あの……閣下」

「君までその呼び名で呼ぶな。我が家は公爵家だが、普通でいい」

アーヴィン・ラッセルと名乗った彼は、呆《あき》れるほど綺麗《きれい》な顔でこちらを見た。

その距離が近い。とても近い。

「……君の名前は？」

「エリーです」

「年は？」

「十六です」

「失礼だが、未婚？」

「もちろんです」

「だとすると、保護者は？」

「保護者は……あのう……」

近い近い近い近い。

ほとんどキスをする距離まで顔を近づけられて、エリーは限界までのけぞった。

「ああ、すまない。君の目に魔力反応があったから、興味深くて」

「魔力反応、ですか？」

「たまにいる。目の中に宿る魔力が輝いて、星のように見えるんだ。私の目もそうだ」

ほら、と顔を近づけられたが、それどころじゃない。

初対面の男女とは思えぬ距離に、エリーが激しくうろたえる。

（理由が分かっても、近い……！）

完全に硬直しているエリーの横で、アーヴィンと名乗った人物は首をかしげた。

「どうかしたのか、エリー嬢」

「い、いえ……あの、呼び捨てでいいです」

「ではエリー、君はあの店の従業員か何かか？」

「え……あの」

「魔力欠乏を起こすほど忙しい店とは思わなかったが、君は過労死寸前だった。親がいないなら、保護者は店主か。ずいぶんひどいことをする」

「いえ、あの、それは……」

言いよどんだエリーに、アーヴィンはふむ、と首をかしげた。

「とはいえ、店の外で倒れていたくらいだ。君は店に愛着があるのかもしれないが……」

いえ全然ありません。

内心の声を口に出せず、あいまいに笑う。

「できれば別の店を探した方がいい。従業員を粗末にする店は長続きしない」

「そ、そうですね」

「もう一度聞くが、君はあの店に戻りたいか？」

「それは……」

しばらくためらった後、ゆっくりと首を横に振る。

それを見て、彼は何を考えているのか分からない顔で頷いた。

「分かった。それなら、君はここで暮らすといい」

「え、でも」

「ただし、当分の間、魔力の使用は禁止だ。きちんと薬を飲んで、休養すれば回復する。それまではここにいるといい」

「私……治るんですか？」

不安な思いが、つい表情に出てしまったらしい。アーヴィンはもちろんと頷いた。

「心配ない。時間はかかるが、必ずよくなる。ただし、魔力が元に戻るかは分からない。あくまでも体調の話だ」

魔力は駄目でも、体は問題ないという。

それだけでも安心して、ほっと吐息がこぼれた。

「助けてくださってありがとうございます、ラッセル様。このご恩は忘れません」

「構わない。私のことはアーヴィンと呼んでほしい」

それと、と彼は付け加えた。

「私は君の体に興味がある。ぜひ、隅々まで調べさせてほしい」


それからしばらくして、熱々のスープが届き、エリーは空っぽの胃を満たした。

「次の食事から固形物が出るから。少しずつ、ゆっくり慣らしていくといいよ」

「ありがとうございます、サイラス様」

「あー、可愛い女の子に名前で呼ばれるのっていいね。俺もエリーって呼んでいい？」

もちろんですと頷くと、サイラスはぱっと笑顔になった。

「じゃあエリー、早速だけど聞いていいかな」

「はい」

「……なんでうちの閣下のこと全力で避けてるの？」

「そ、それは……っ」

今現在、エリーはベッドから起き上がり、サイラスの給仕を受けていた。

ちなみにアーヴィンはスープを半分ほど飲むのを見届けた後、すぐにいなくなっている。仕事がたまっているらしい。

（だって……）

エリーの脳裏には、少し前の出来事がよみがえっていた。

＊

——私は君の体に興味がある。ぜひ、隅々まで調べさせてほしい。

先ほどの言葉を聞いた直後、エリーは完全に硬直した。

たっぷり三回分の呼吸の後、ずざざざっと後ずさる。

ベッドの上なので、離れる距離に限度はある。だが、それはどうでもいい。とにかく少しでも離れなければと思い、エリーは彼から距離を取った。

彼は不思議そうな顔をして、そんな様子を眺めていた。

「……どうした？」

「ど、どうしたと言われましてもっ……」

もしやそのつもりで連れ帰ったというのだろうか。

あんな小汚い格好だった自分を？

痩せっぽちでみっともなくて、肌も髪もぱさぱさの自分を？

野良犬の方がましなくらい、ぼろぼろだった自分の事を？

（……駄目だ、まったく理解できない）

おそるおそる目をやると、アーヴィンもちょうどこちらを見ていた。

「もしかして、解剖の心配をしているのか？　そんなことはしない。ただ、君のことが気になるだけだ」

「わ……私の、何がでしょうか？」

「すべてだ」

――す。

「すべて……ですか……」

「ああ、すべてだ」

それはどういう意味に捉《とら》えたらいいのだろうか。

硬直したまま時間が過ぎ、そこに現れたのがサイラスだったのだ。

＊

「――なるほど。そういうことか」

先ほどの話をすると、サイラスは納得したように頷いた。

「まず言っとくけど、解剖じゃないよ」

「……で、でしょうね」

「それから、色恋でもない」

「でしょうね……」

「ちなみに、体の関係とかいう話でもないから。その点は安心してほしい」

「私も理解できませんでした」

大丈夫ですと言えば、なんとも言えない顔をされる。

「いや、エリーは可愛いと思うよ？　もう少し太った方がいいとは思うけど。ひどい格好をしていただけで、素材は別に」

「姉の方がはるかに美人でしたので。身の程《ほど》はわきまえています」

「そうなんだ……」

何か言いたげだったが、サイラスはあきらめたように首を振った。

「まあいいや。ゆっくり飲んで」

「ありがとうございます……」

スープの味がしなくなりそうだったが、それでも久々の食事である。礼を言って、ふたたびスプーンを口に運ぶ。

出されたスープは、エリーが初めて見るものだった。

金色の、ぽってりした感じのスープだ。

とろとろになるまで煮込んだ野菜を潰し、丁寧に漉《こ》してある。口に含むとじんわり甘く、素材の旨味《うまみ》が伝わってくる。お腹の底まで温まりそうな、栄養満点のスープだ。

ほのかな塩味がアクセントになって、より野菜の甘みを感じる。しばらくまともなものを食べていなかったエリーにとって、もったいないほどの大ごちそうだ。その感動を壊さぬように、エリーはゆっくりとスープを飲み込んだ。

（おいしい……）

一口一口、じっくりと味わっていたエリーだが、サイラスの言葉には困惑した。

自分は平凡な外見で、姉は誰もが振り返る絶世の美女だ。

取るに足らない自分に対し、「可愛い」と言うなんておかしい。

社交辞令かと思ったが、そういうわけでもないらしい。それとも、あまりにもみすぼらしい姿に同情し、慰めてくれたのだろうか。

（そっちの方がありそうだなぁ……）

でも、このやさしい人に気遣われるのは嫌じゃない。

久々に温かいものを食べ、たっぷり睡眠を取ったせいか、いつもよりも体が軽い。

ふと手足を見ると、あちこち包帯が巻かれていた。

「ああ、君が寝ている間にね。魔力欠乏の応急処置と、打撲《だぼく》と擦過傷《さっかしょう》の手当てだけ。本当は何か口に入れてからの方がよかったんだけど、閣下曰く、一刻の猶予《ゆうよ》もなくてさ」

エリーの疑問を察したのか、サイラスが説明してくれる。

「そうだったんですか……」

久々に体が楽なのはそのせいか。

先ほどの問題発言も、特に変な意味はなかったらしい。それは分かっていたけれど、さすがに動揺してしまった。

それよりも、エリーには気になる事があった。

「あの……ここ、公爵家なんですか？」

「そうだよ。といっても、ここは別邸かな。閣下の仕事場も兼ねてるから」

「お仕事？」

「魔導具の研究」

ざっくりとした説明だが、エリーはすぐに納得した。

高位貴族は強い魔力を持つ者が多く、彼らは魔法関係の仕事に就《つ》く。王宮に仕える魔術師をはじめ、魔法陣の解析、魔石の調査、新たな魔法の開発など。

その中でも特に魔力の強いラッセル家は、代々王家に仕える名家だそうだ。

その当主であるアーヴィンも、現在は魔導具の研究を行っているという。

研究職にも色々あるが、彼は王宮から直接依頼を受け、公にできないような依頼をこなしているらしい。具体的に言えば、伝説級の魔石が埋め込まれた魔導具や、古の時代に失われた魔導具の技術、呪われた魔導具の解析など。そのため、他の貴族からも一目置かれており、社会的な地位はすこぶる高い。

魔導具とは、魔石や魔法陣を使用した魔術具の一種で、魔力を付与する事で動く。どれだけの魔力を付与できるかで、魔導具の能力も変わってくる。古代魔導具と呼ばれるものになると、莫大な魔力が必要になる。

「ちなみに、これも魔導具だよ」

そう言って見せられたのは、エリーも見覚えのあるものだった。

「氷魔法と水魔法を合わせた魔導具ですね。あとは……《保存》？」

「よく分かったね。その通りだよ」

少し驚いた顔をしたものの、サイラスがにこやかに肯定する。

「前に似たものを見たことがあって……。これ、すごくいい出来ですね」

そこにあったのは、氷でできた花瓶《かびん》だった。

氷と水の魔力を混ぜて、器に水を満たしている。その匙《さじ》加減が絶妙だ。シンプルなデザインなのに、細部まで洗練されている。

氷が解けないように保存魔法をかけつつ、中に活《い》けた花は凍らせない。注がれた水も液体のまま、ひんやりした温度を保っている。花びらに浮かぶ水の雫《しずく》がきらきらと輝いているのが見えた。

　飾られている花は寒冷地帯に咲くものだ。温度管理が難しく、栽培には適していないため、限られた場所でしか見る事ができない。

　花は瑞々《みずみず》しく、つぼみを柔らかくほころばせている。

　簡単そうに見えるが、非常に高度かつ繊細な技術だ。花瓶の中央に魔石が埋め込まれており、淡い色に輝いていた。

「閣下が作ったんだよ。あの人、器用だからね」

「アーヴィン様が？」

「魔導具を研究するなら、そもそも魔導具を作れなきゃ話にならない、とか言ってさ。今じゃ半分技術者だな。貴公子みたいな見た目に反して、ゴリゴリの職人気質だよ」

「な、なるほど……」

「顔は抜群にいいし、魔力は強いし、おまけに名門公爵家。向かうところ敵なしって感じなんだけど、なんかさ……こう、残念だよね」

「いえ、そんなことは……っ」

「いいからいいから。真実だから」

　おそらく主人に対してだろうに、その言い方には遠慮がない。見た目よりも気安い関係なのかもしれない。

「もう本っ当に魔導具オタク。おかげでめちゃくちゃ優秀なのに、さっさと王宮魔術師辞《や》めてこの屋敷に引きこもってるんだ。まあ、王宮からの依頼は受けるし、頼まれれば王宮魔術師のところにも顔を出してるみたいだから、特に問題はないんだろうけど……」

「は、はぁ……」

「王宮魔術師のままだと、余計な命令に従わないといけないからってさ。我が主ながら、普通じゃないと思わない？」

それは確かに普通じゃない。

だがそれを口にするわけにもいかず、あいまいに笑う。

王宮魔術師と言えば、エリート中のエリートだ。入るためにどんな努力でも惜しまないならともかく、辞めたがる人間は見た事がない。

「その閣下が最近興味を持ったのが、君を拾ったブランシール工房。店主のジャクリーン・ブランシールが夜会に登場するようになってから、一気に名前が広まった。彼女の美貌と抜群のスタイルに加え、素晴らしい魔力付与の才能にね」

「……なるほど……」

魔力付与はエリーが行っていた仕事である。

喜ぶべきか、頭を抱えるべきなのか。

正直言って、どんな表情をしたらいいか分からない。

「試しにとひとつ取り寄せてみたら、これがまぁいい出来で。何の変哲もない魔石や魔導具に、高レベルの魔力が付与されてる。すっかり閣下が興味を惹《ひ》かれて、早速店を訪ねることにしたんだけど、店は引っ越した後だったってわけ」

「店の中、何も残ってなかったんですか？」

「塵《ちり》ひとつ残ってなかったね」

では、自分の荷物はすべて捨てられてしまったらしい。

大切な品などなかったから、それについてはどうでもいい。良いものがあっても大抵は姉に取られたし、渡さなければ壊された。エリーは着るもの以外、ほとんど私物を持っていない。

「そういえば、君が転がっていた場所だけど。近くに服が散乱してたよ。ボロ布かと思ったけど、一応回収してあるから。他にも色々転がってたけど、どれもガラクタだったかな」

「あ、ありがとうございます……」

「君、古着に埋もれて倒れてたんだよ」

では、あの後ジャクリーンはエリーの私物をまとめ、文字通り叩き出したらしい。

今さら戻っても無駄だろう。売ると言ったからには、姉はそうする。あそこに戻る事はできない。

奴隷のようにこき使われた最後がこれかと、もはや笑いも出なかった。

「あのー……、エリー？」

「大丈夫です。ちょっと、気が抜けちゃって」

手のひらを見つめ、エリーはそっと目を伏せた。

魔力の使用禁止と言われたが、そもそも魔力の気配がしない。

魔力付与の仕事を続ける事はもうできない。かといって、他の仕事にも自信がない。

この先どうしたらいいのか、自分でもさっぱり分からなかった。

(私って……本当に、都合のいい存在だったんだなぁ)

限界まで魔力を搾《しぼ》り取られ、用済みになったら捨てられる。

役に立たない妹を、これ以上そばに置いておく理由はない。そう判断したからこそ、ジャクリーンも自分を切り捨てたのだ。新しい生活にエリーは邪魔だ。わざわざ連れていく必要はない。

自分の存在価値はもうない。残ったのはただ、役立たずの死に損ないだ。

唯一の取り柄だった魔力さえ失ってしまった今、どうすればいいんだろう。

「心配しないで」

目を上げると、やさしい顔がエリーを見ていた。

「うちの閣下は面倒見がいいからね。拾った生き物は最後まで面倒を見るんだよ」

「……私、動物ですか?」

「まあまあ。とにかく安心していいから。今はゆっくり休むといいよ」

まだ不安だったが、エリーはおとなしく頷いた。

元々、人に命じられるのは慣れている。言う通りにした方が心が落ち着く。

「おやすみなさい、サイラス様」

ベッドに横たわると、すぐに眠気がやってきた。

いつものような、泥のような眠りとは違う。

もっとやさしくて温かい、陽だまりのような心地よさ。

(もう少しだけ……味わってたい、のに……)

眠るのがもったいないと思うのは、ここ数年で初めての事だった。

◇◇◇

「寝ましたよ」

エリーが眠ったのを見計らい、サイラスは主の部屋を訪れた。

「様子はどうだった」

「そんな短時間で変わりませんって。症状も落ち着いてたし、受け答えもはっきりしてたし。ちょっと眠そうだったけど、それは問題ないでしょう。あの子はもう大丈夫ですよ」

「そうか……」

ほっと息をつき、アーヴィンは椅子に背を預けた。

「それより閣下、年頃の女の子にあれはまずいですって。裸《はだか》見せろって迫ったって？」

「誰がだ。興味はあると言ったが、そういう意味じゃない」

渋い顔をした主に、サイラスが肩をすくめる。

「どう考えても誤解されますって。もっとも、妙に自己評価の低い子でしたからね。そんなはずないって断言されましたけど」

正確に言えば「理解できない」だが、意味は同じだ。

「彼女の顔は整っているだろう。何か問題が？」

「あれは外見っていうより、内面の問題かなぁ……。いい子そうではあるんですけど、妙にビクビクというか、おどおどしてて」

「人になつかない獣ということか？」

「そういうのでもないんですよねぇ……。ものすごく臆病な子ネズミって感じ？」

「……なるほど」

頷くアーヴィンは、いつも通りの無表情だ。何を考えているのか、サイラスにはさっぱり分からない。思えば人間を拾ってきたのは初めてだったが、何か理由があったのだろうか。

（一目惚れ、とか……？　まさかなぁ）

そもそも一目惚れした人間を同意も得ずに拾ってきたら誘拐だ。いや、この場合は保護だろうか？　一応本人の了承は取った形だし、周囲に突っ込まれても問題はない。けれど、やはり珍しい。

（まあいいか）

サイラスは早々に浮かんだ疑問を放棄した。

とんでもなく美麗で変人な主の事を、この軽薄な従者は気に入っているのだ。

「それより閣下、あの子、やっぱり関係者かもしれませんよ」

「そうか」

「一目見ただけで魔導具に使われてる魔法を言い当てましたから。それに――やっぱりね。見つけた時の状況が」

ボロ布に埋まっていたエリーを見つけたのは偶然だった。

激しい暴行を受けたのか、体中傷だらけで、靴さえ履《は》いていなかった。それ以上にひどかったのは、魔力欠乏の症状だった。

顔色は真っ青で、指先まで冷え切っていた。それだけでなく、爪が青黒く染まり始めていたのだ。

「あの症状は、魔力を大量に行使した人間にしか現れない」

「あの魔力欠乏のすさまじさ、異常でしたもんねぇ……。あのままだと、本当に魔力枯渇を起こしてたかもしれない。今日見つけられて、本当に運が良かった」

サイラスがそう言うのも無理はない。

エリーの体は、尋常でない魔力欠乏に冒《おか》されていた。

通常の魔力欠乏は、軽い体調不良から始まる。

そこからどんどん症状が進み、魔力が減るに従って、激しい倦怠感《けんたいかん》と苦しさに襲われる。たとえるなら、素手で内臓をかき回されるような気持ち悪さだ。

だが、エリーの症状はそれだけではなかった。

「体の中も外もぼろぼろで、それが魔力欠乏を引き起こしてる。まるで薬物中毒ならぬ、魔力中毒だ。無理やり体内の魔力を高めて、それを根こそぎ奪われてる」

「原因に心当たりはあるか」

「……多分、違法な薬かポーション。場合によっては両方かと」

「すべて排出するにはしばらくかかるな。治療と並行してやっていこう」

「本人の意思だと思います？」

「違うだろう。少し話しただけだが、彼女には常識があるように見えた」

「まぁ確かに……」

びっくりするほど痩せてはいたものの、エリーの目に光はあったし、受け答えもちゃんとしていた。ぼろぼろの服を身にまとっていても、最低限は清潔だった。良識もあり、言葉遣いもきちんとしている。とても自分から違法な薬を摂取したがるタイプには見えない。

「それに、捨てられていた時の状況から考えても、第三者が関わっていると見るべきだ」

「じゃあ、あの店主？」

「そうだな……」

　そこで少し言葉を切り、アーヴィンは指の背でコツコツと机を叩いた。

　考え事をする時の主の癖だ。邪魔をしないよう、サイラスは黙ってその時を待つ。

「——まだ情報が少なすぎる。とりあえず、エリーの身柄はこのまま保護する。そして、健康になるまでこの屋敷で暮らしてもらう。その後は彼女の希望を聞こう」

「あーそれなら、あの子がここを出たいと言ったら、住む場所だけは確保してあげる方向でお願いします。何があっても、暮らしに不安がないように」

「当然だろう」

　何を今さら、と訝《いぶか》しげな顔をする。

「連れてきた以上、最後まで責任を持つ。そうでなければ拾わない」

「だから俺はあなたが大好きなんですよ、閣下」

「急になんだ、気色の悪い」

「その俺にだけ冷たいところも嫌いじゃないです。……それはともかく」

　そこでサイラスは苦笑した。

「くれぐれもやさしくしてあげてください。あの子には聞きたいことが山ほどある」

第三章　食べ物につられる

翌朝。

目を覚ますと、不思議な清々《すがすが》しさがあった。

体が軽い。そして、全身を苛んでいた倦怠感が消えている。

手を握り、そして開く。ぐー、ぱー、ぐー。

何度か繰り返し、エリーは目を瞬《しばた》いた。

「……手が痛くない」

腕に触れ、肩に触れ、痛みが驚くほど軽くなっている事に気づく。そっと足を下ろすと、やはり痛みは消えていた。

エリーがいるのは昨日の部屋で、二階の中央付近だった。

広い窓から外が見える。カーテン越しに、白い雲が見え隠れする。

どうやらここは客室のようだった。大きなベッドが中心で、一通りの家具がそろっている。

昨日は気づかなかったが、調度品だけでなく、家具にも魔石が組み込まれているようだ。

近くのテーブルにはお茶の支度まで調《ととの》えられていて、すぐそばに着替えが置いてあった。

立ち上がって手に取ると、軽い素材のワンピースだった。

さらさらした手触りが心地よく、可愛らしいデザインだ。丈は膝より少し長めで、裾《すそ》のあたりがふんわりしている。

彼らが着るとは思えないから、エリーに用意されたものだろう。

少し迷ったが、エリーは思い切って寝間着を脱いだ。

今着ているのは、合わせ目が心もとない患者服もどきなのだ。かがんだだけで色々見えてしまいそうな格好のまま、あちこちうろつくわけにはいかない。

裸の体を見ると、思った以上にズタボロだった。

（最後だと思って、心置きなく暴行したのね……。あ、でも、そっちもあんまり痛くない）

さんざん痛めつけられたはずなのに、骨折などはしていない。

もしかして、彼らが何かしてくれたのだろうか。

サイラスは分からないが、アーヴィンはかなり強い魔力を持っていると言っていた。それを使って、打撲や傷の回復もしてくれたのかもしれない。

着替えを終えると、エリーはそっと扉を開けた。

廊下には人の気配がなかった。

「閣下……アーヴィン様？　サイラス様？」

おずおずと名前を呼んだが、返事はない。どうやら近くにはいないようだ。

部屋で待っていようかと思ったが、エリーはすぐに首を振った。

（ひとりで待ってるのは怖い……。お姉さまがやってきたら、私、今度こそ殺されるかもしれない）

ジャクリーンの鬱憤《うっぷん》が治まらず、妹をもっと痛めつけようとしたら。

もしくは気を変えて、エリーの魔力を最後まで搾り取ろうとする可能性もある。

それとも、魔力枯渇が間違いだと分かったら、ふたたびエリーを取り戻そうとするかもしれない。

もしそうなったら、今度こそ命がない。

想像するだけでぞっとして、エリーは急ぎ足で歩き出した。

「アーヴィン様、サイラス様？　どこにいらっしゃるんですか？」

公爵家の割に、屋敷はそんなに広くない。下級貴族の別荘といったところか。そういえば、サイラスが別邸だと言っていた。閣下の仕事場だとも。

あちこち迷いながら、エリーはようやく二階の一番奥、大きな扉のある部屋にたどり着いた。

扉はかすかに開いている。

おそるおそるノックをすると、中から静かな返事があった。

「どうぞ」

中に入ると、背の高い人物がこちらに背中を向けていた。

どうやら窓の外を眺めているようだ。だが、その後ろ姿には覚えがあった。

「アーヴィン様……！」

安堵のあまり声を上げると、青年がこちらを振り向いた。

その容姿はやはり呆れるほど整っている。最高級の芸術品が生きて動いているようだ。

「どうした、何かあったのか」

「い、いえ……そうではなく」

姉に見つかるのが怖くて、助けを求めてしまいました。

……などと言えるはずがなく、ふるふると首を振る。

「どなたもいらっしゃらなかったので、探しに来てしまいました。申し訳ありません、勝手に」

「構わない。昨日は言い忘れたが、この屋敷は好きに使ってくれて構わない。離れにある仕事場以外、どの部屋も出入り自由だ」

「仕事場……」

「作業場と言った方がいいか。魔導具の研究だ。今は魔力付与について調べている」

そういえば、サイラスがそんな事を言っていたか。

その関係で、昨日はジャクリーンの店に仕事を頼みに行くところだったという。残念ながら店主には会えなかったがと言われ、改めてぞわっと鳥肌が立った。

（こ、この人……お姉さまに会うつもりだったのか……）

姉がいつ公の場所に戻ってくるのかは知らないが、そう遠い話ではないだろう。工房の仕事を続けるつもりなら、いずれは出会ってしまうはずだ。

その時までには出ていこうと、内心で固く決意する。

彼のいる部屋は自室のようだった。

いつもは作業場にいる事が多いそうで、どこにあるのかと聞けば「あそこだ」と教えられる。

窓の外には、小ぢんまりとした離れがあった。

「魔導具の研究は危険が多い。君も立ち入らないように」

「分かりました」

「ところで、君に聞きたいことがあるのだが」

じっと見つめられ、エリーはびくっと反応した。

「体調に問題がないなら、少々付き合ってもらいたい。――君の、好物は？」


――と、いうわけで。


（おぉ……）

エリーの目の前には、おいしそうな朝食が並んでいた。

完璧な形の目玉焼きに、こんがり焼けたソーセージ。潰したじゃがいもには溶けたバターがかかり、食欲をそそる匂いがする。別皿には厚切りのハムと、香りのいいチーズ。スープも熱々で、白い湯気を立てている。

他にも、新鮮なサラダに、焼き立てのパン。搾り立てのジュースまである。こんなにまともな朝食はいつぶりだろうか。思わず喉《のど》が鳴ってしまい、エリーは赤面した。

「構わない。好きなだけ食べてくれ」

「ほ、本当によろしいんですか？」

「大丈夫だと、サイラスが言っていた。今はきちんと食事を摂《と》って、栄養をつけることだ」

「いただきます……」

パンを手に取ると、まだほわっと温かかった。

ジャムやバターも添えられていたが、あえて何もつけずに一口かじる。途端、口の中に香ばしい甘みが広がって、思わず頬がゆるんでしまった。

（お……）

おいし――――いいぃ……っ。

「口に合ったか。お代わりもあるから、たくさん食べるといい」

「は、はいっ」

思わずがっつきそうになったが、その言葉に我に返る。

昨日のスープのおかげで、どうにかなりそうなほどの空腹感は治まっている。パンを一口、また一口と食べながら、エリーは必死に自分を抑えた。

（落ち着かなくちゃ）

大丈夫、このパンは取られたりしない。

お代わりも食べられる。他にも食べるものがたくさんある。

彼も取ったりしないだろう。その証拠に、自分の食事にはほとんど口をつけていない。

だから、大丈夫。

パンを食べ終えると、目玉焼きにフォークを刺す。

とろりとした黄身が流れ出て、思わず「ああっ」と声が出る。すると、彼はパンを差し出した。

「これにつけて食べるといい。とてもおいしい」

「な、なるほど……！」

この人は天才か。

言われるまま黄身をすくって食べると、確かにとてもおいしかった。尊敬のまなざしで彼を見る。相手は平然とした顔をしていたが、少しだけ楽しそうだった。

「そんな目で見られたことは何度もあるが、目玉焼きが理由だったのは初めてだ」

「指ですくうのはお行儀が悪いと思ったのですが、見ていないなら可能かと考えてしまいました。でも、パンの方がずっとおいしいです」

「目の輝きが昨日とは違うな。理由が理由だが、いいことだ」

ひとつ頷き、「もっと食べるか」と自分の皿を差し出す。

エリーは思った。この人はとてもいい人だと。

「ありがとうございます、閣下……！」

「アーヴィンだ。サイラスのが移ったな」

呆れた顔になりながらも、アーヴィンはパンをひとつ取った。

「なら、この食べ方は知っているか」

そう言うと器用にパンを割り、中に軽くバターを塗る。そこにハムとチーズを挟み、サラダの野菜をたっぷり入れると、エリーの方に差し出した。

「試してみるか。いい味だ」

「あ、ありがとうございます……！」

かぶりつくように指示されて、少し迷ったが言う通りにする。

次の瞬間、エリーは大きく目を見張った。

（こ……）

これは。

（ものすごく、おいしい……‼）

少し甘みのあるパンに、厚切りのハムとチーズが抜群に合う。バターの風味に加え、添えられたサラダのドレッシングがアクセントになって、とんでもない幸福感が口に広がる。

今まで口にしたものの中で、間違いなく一番おいしい。

これを発明した人は天才だ。つまり目の前の彼が天才だ。やっぱり彼はすごい人だ。こんなにおいしい食べ方を知っているなんて。

エリーの顔つきに気づいたのか、彼は「別に私が考えたわけではない」と言い添えた。

「目玉焼きや肉料理を挟んでもいいし、魚を挟むのもおいしいらしい。行儀が悪いので、人前ではやらないが。気に入ったなら、色々試してみるといい」

「ありがとうございます……！」

この人はいい人だ。

出会って一日ですっかりエリーの心をつかんだ美貌の麗人は、マイペースに自分の食事を終えた。

「――さて、落ち着いたところで、君に話がある」

食後の紅茶まで飲み終えてから、アーヴィンはおもむろに切り出した。

「君の体に興味があるといったが、別に裸というわけではない」

「はい、それは聞きました」

「君の体はいつ死んでもおかしくないほどぼろぼろで、なんなら昨日死んでも不思議はなかった。それほど君は重症だった」

「そ、そうだったんですか」

中身はともかく、外側がぼろぼろだったのは姉の仕業《しわざ》だ。魔力以前に、姉の暴行も原因のひとつだったのでは……という気がする。

「だが、魔力欠乏の応急処置をすると、君の体はすぐに回復を始めた。それも尋常ではない早さで」

「ああ……多分、早く回復しないとまずいと思ったんじゃないでしょうか」

「普通はそう思っても回復できない。君の回復速度は異常だ」

「元々丈夫なので。それと……いえ、なんでもないです」

回復しなかった場合でも、ジャクリーンが仕事を免除してくれるはずはない。そのため、無茶でもそういう体質になった気がする。

それとは別に、魔力欠乏の治療をしてくれたおかげもあるだろう。聞けば、あの状態の患者に回復魔法は使えないので、薬草や塗り薬を使ってくれたという事だった。

体の痛みが少なかったのも、丁寧な処置の結果らしい。

「とはいえ、一応は重病人だ。このまま放っておくことはできないし、今後の体調も心配だ。回復するまで、ぜひ君の体を隅々まで調べさせてもらいたい。上から下まで満遍《まんべん》なく」

「あの、閣下。語弊があります」

「何がだ」

本気で分かってなさそうだったので、「いえ別に」と目をそらす。

（この人、天然だろうか……）

「君がよくなるまで、私は君の面倒を見るつもりだ。嫌なら今ここで言ってくれ。十秒待つ。十、九、八、七、六、五、四、三、二、一。よし分かった、了承だな」

「え……ええと……？」

「話がまとまったところで、治療の方針だが。君の体は違法な薬やポーションに冒されている。まずはそれを抜く必要がある。何を飲んだか覚えているか？」

「名前までは……。全部お姉さまが用意していたので」

「お姉さま？」

「あ」

慌てて口を押さえたが、彼はなるほどと頷いた。

「では、やはり君の体を調べる必要があるな。血液と唾液、皮膚の一部を採取して照合しよう」

「は……」

「排泄物《はいせつ》は必要ない。できれば髪も数本欲しい。汗もあった方が望ましいな。他に必要なものがある場合は、その都度協力を願うことになる。それは理解してもらいたい」

何か質問はあるかと聞かれ、エリーはおずおずと口を開いた。

「閣下が私を治してくださるんですか？」

「アーヴィンだ。私は魔導具の研究をしているが、元は王宮魔術師だ。仕事には治癒関係もあったから、君を診《み》ることに問題はない」

「そうではなくて……。私、平民なので」

　いくらなんでも、公爵家の人間が平民を治療するなんて考えられない。だがアーヴィンは平然と言ってのけた。

「私は公爵だが、治療に爵位は関係ない。ついでに言うと、魔力持ちに身分の差はない。さらに言うなら、君には一刻の猶予もない。進行を止めるための応急処置は施してあるが、長くは保《も》たない。早急に治療を始める必要がある」

「でも……」

「ここで治療するなら、毎日あの食事が食べられるぞ」

　ぴくり、とエリーが反応する。

　あの食事を、毎日？

　ふわふわのパン、生み立ての卵、温かな湯気を立てるスープ。サラダのドレッシングは絶品で、パンと合わせると最高だった。焼き立てのソーセージはパリッとして、チーズもいい香りがした。初めて飲んだ搾り立てのジュースは、信じられないくらい爽やかだった。

　あれを――毎日？

「体の回復には、休息と滋養のある食事が一番だ。君は甘いものが好きだろうか。食後のデザートにつけてもいい。毎食だ」

「ち……ちなみにそれは、どういったもので……？」

「イチゴのゼリー、桃のコンポート、たっぷりのフルーツを使ったタルトに、砂糖衣《ごろも》のかかったケーキ。焼き立てのパイにアイスクリームを添えて。君はチョコレートを口にしたことはあるか？　なんとも魅惑的な味わいだ。一口含むと口の中で溶けて、濃厚な甘みが口いっぱいに……」

「お世話になります」

エリーは深々と頭を下げた。

第四章　エリーの能力

そんな風にして始まった公爵家別邸での生活は、思った以上に快適だった。

朝はおいしい朝食が出て、食べ終えるとアーヴィンの診察、その後軽いリハビリをして、昼食の時間。食後はふたたび診察を受け、終わるとリハビリ。夜になると、言わなくても夕食が出てくる。食べ終えると自由時間だ。睡眠時間もたっぷり取れ、休養も十分。これで健康にならない方がおかしい。

半月もするうちに、エリーの体はすっかり回復していた。

「そろそろ魔力を使ってみるか」

アーヴィンの許可が出たのは、そんなある日の事だった。

いつものように診察が始まり、体調確認の後、エリーの全身をくまなくチェックする。指先や首筋、背中、腰、髪の生え際、耳の裏、瞳、鎖骨、胸元、その下。脚の付け根から踵《かかと》の先、口の中まで調べた後で、アーヴィンがおもむろに頷いた。

「いいんですか？」

「休息は十分に取れているし、問題ないだろう。何かやってみたいことはあるか？」

「そうですね……」

少し考えたが、エリーにできる事はひとつしかなかった。

「魔力付与がしてみたいです」

「……君は確か、工房での過酷な労働で魔力欠乏を起こしていたのではなかったか？」

胡乱《うろん》な目で見られたが、エリーは引き下がらなかった。

「でも、それしかできないので」

エリーが工房の人間だという事は早々にばれた。というか、工房の前で魔力欠乏を起こして倒れていたのだ。分からない方がどうかしている。

その関係で、エリーがジャクリーンの身内である事も知られてしまった。不詳の妹の噂は彼らも知っていたらしい。というか、エリーが「お姉さま」と言うので、ある程度の見当をつけていたようだ。

彼女について聞かれた途端、青ざめて腰を抜かしたせいか、それとも恐怖で気絶してしまったからなのか、彼はなんとも言えない顔でエリーを見て、『何があろうと姉の元には帰さない』と言ってくれた。その距離もとても近かった。

——でも、帰らなくていいんだ……。

その事に、途方もなく安堵したのを覚えている。

エリーは無能な妹だ。

魔力付与しか取り柄がなく、それ以外の事はほぼできない。正確に言えば、何かできるだけの魔力が残ったためしがない。その前に使い切ってしまうせいだ。

そんなエリーをジャクリーンは見下し、事あるごとに罵倒していた。

馬鹿にする割に、仕事はエリーに任せ切りで、何ひとつ自分でやろうとしない。それどころかエリーの仕事ぶりを厳しくチェックし、事あるごとに叱責する。少しでも失敗すれば食事を抜かれ、顔や腕をつねられた。

そんな姉に命じられ、エリーはさんざんこき使われた。あの場所に帰らなくていいと思うだけで、力が湧いてくる気がする。

彼は何か言いたげだったが、「せっかくやる気になったのだからな…」と小声で呟《つぶや》き、魔力付与の許可が下りた。

初めて訪れた離れの中は、大量の魔導具であふれていた。

（わぁ、すごい）

壁一面に高い棚が備えつけられ、夥《おびただ》しい数の魔導具が置かれている。すぐに使えるものもあれば、壊れたり欠けたりして、修理が必要なものもある。中にはまったく動かないものもあり、その中のいくつかはエリーにも馴染《なじ》みのあるものだった。

他にも二つほど部屋があり、どちらも扉が閉まっている。ここは一番大きく取られていて、メインの作業はここで行うようだった。

自分が作業していた小部屋とは比べ物にならない。

それに、もしもここで作業できたとしても、こんなにワクワクしなかったはずだ。

（だって）

ジャクリーンに命じられる仕事は、無理な注文が多かった。


——魔石百個に魔力付与、明日まで。

——色違いの宝石すべてに属性の異なる魔力付与。やり方は自分で考えなさい。

——魔石の色を変えてちょうだい。ただし、属性はそのままで。

——今の仕事に加えて、魔石もう百個追加。

——できない？　殺すわよ。


最初はささやかな依頼だったが、貴族との付き合いが増えるにつれ、どんどん量が増し、内容も複雑になっていった。要求されるレベルも高く、高価な魔導具や魔石であるほど、付与は難しく時間がかかった。

ここにあるものは、どれもかなりの一級品だ。

物珍しげにきょろきょろしていると、アーヴィンは何かを取り出した。

「このくらいなら、体に負担もないだろう。試してみるといい」

「これは……？」

見せられたのは、宝石箱くらいの小箱だった。

片手で持てるほどの大きさで、外側には精緻《せいち》な装飾が施されている。その中に、ぎっしりと小石が詰め込まれていた。色や大きさは様々だが、すべて魔石だ。

「こ、この量を一日でこなせと……？」

「誰がそんなことを言った？」

ふたたび胡乱な目つきをされたが、以前の環境なら普通だった。

「で、では半分くらいで？」

「誰がそんなことを言った、死ぬ」

「では四分の一……」

「君はどうしても過労死がしたいようだな」

その目に怒りが宿った、と思った直後、エリーは唇が触れ合いそうなほど顔を近づけられていた。

「何度も言わないから、よく聞け。私は君を死なせない。これはリハビリだ。できそうなものを選んで、気長に付与しろ。理解したな？」

「……ち、」

近い近い近い近い！

「いいか、ゆっくりとだ。少しずつ、慣らすつもりで、時間をかけて。言っておくが、いっぱいにはしなくていい。できる範囲で、少しずつ、だ」

「は、ははははい……っ」

エリーの動揺をよそに、アーヴィンは「分かったならいい」と頷いて顔を離した。

離れていく瞬間、ふわりといい匂いが鼻をかすめる。

最初に感じたのと同じ、かすかに清涼で優雅な香り。

「私は隣の部屋で作業している。何かあったら呼ぶように」

「分かりました」

「いいな、くれぐれも無理をするな」

念を押すと、背中を向けて部屋を出る。扉の閉まる音とともに、エリーはその場にへたり込んだ。

（……びっくりした……）

近かった。

あれは未婚の男女の距離じゃない。いや、既婚でもどうかと思う。

間近に迫ったアーヴィンの顔は、見惚れるくらい美しかった。

最高級の魔石のような目に見つめられると、それだけで息が止まった。あんなに美しい人が実在しているのか。中身が変なのが返す返すも残念だ。中身というか、距離感が。

渡された小箱に目を落とし、エリーはその中のひとつを手に取った。

大きさはばらばらだが、どれも質のいいものだ。

そっと魔力を込めると、魔石が淡く輝き出す。

あの時は空腹でふらふらして、ほとんど力が出なかった。

だけど、今なら。

「――《魔力付与》」

軽く魔力を込めると、魔石がパアッと輝いた。

思ったよりも簡単な事に驚いたが、疲労が改善されたのだから不思議ではない。

手のひらから魔力があふれ、次々と魔石の中に吸い込まれていく。

この感覚は久々だ。

元々、作業自体は嫌いではなかった。姉に強制され続けた結果、見るのも辛くなっていただけだ。

魔導具を見るのも好きだったし、修理するのも楽しかった。上手に魔力付与ができた日は、それだけで心が躍《おど》った。

そんな感覚、ずっと忘れていたけれど。

(もっと凝縮して……純粋に、魔力だけを、魔石の中へ)

そうする事で不純物が削ぎ落され、純度の高い魔力になる。

アーヴィンに渡された量は、以前の三日の作業分だ。

でも、今ならもっと。

七秒足らずで魔石を満たすと、エリーは次の魔石を手に取った。

作業はそのまま、日が暮れるまで続いた。

◇◇◇

アーヴィンが外の様子に気づいた時、日はとっくに傾いていた。

「ずいぶん集中してしまったな。……エリー？　どうした？」

隣の部屋が静まり返っている事に気づき、不思議そうな顔になる。

魔力付与は声を出すものではないが、それでもさすがに静かすぎる。もしや、加減を間違えて、魔力欠乏で倒れたのでは？

（しまった……）

ひとつくらいならと思ったが、やはり早すぎたのかもしれない。

エリーの性格上、無理をする可能性は十分にあった。念を押したからと言って、安心するのは早かった。やはり隣で見張っておくべきだったかと思い、だがそれはサイラスに止められた事を思い出す。

曰く、『閣下の距離感で見張られたら大抵の女の子が失神します』だそうだが、意味が分からない。やはりあの従者は変人だ。

だが、彼の事は有能だと評価している。そのため、言う事は聞いている。

扉を開けると、エリーはこちらに背を向けていた。

倒れていない事にほっとしたが、アーヴィンはつと眉を寄せた。

（……何をやっている？）

エリーは一心に何かの作業をしていた。

もしや、まだ魔力付与の練習をしていたというのか？

ここにある魔石はどれも魔力の容量が多い。ひとつあたり、普通の魔石数十個から百個分だ。

魔力がみなぎっている状態でさえ、ひとつ満たすのがせいぜいだろう。あくまでも感覚を取り戻すためのつもりだったが、言い方がまずかったのかもしれない。無理をすれば今度こそ倒れてしまうと思い、アーヴィンは急ぎ足で近寄った。

「大丈夫か、具合は――」

「あ、閣下」

だが、振り向いたエリーの顔は普通だった。

「すみません、魔導具が気になって、勝手に見てしまいました」

「それは構わないが……大丈夫なのか？」

「何がですか？」

きょとんとした顔に、アーヴィンがほっと息を吐く。

どうやら無茶はしていなかったようだ。

よく見れば、エリーは壊れた魔導具のひとつを手に取り、しげしげと観察していた。

彼女が見ているのは、時計型の魔導具だ。置き時計の形をしていて、魔法の光で時間を知らせる。その光景は幻想的だ。

中に魔石が組み込まれており、それが動力となっている。使い方は普通の時計と同じだ。

魔石は完全に二つに割れて、中の魔法陣が見て取れる。かなり精巧な陣形だが、経年劣化で薄れ、ところどころ欠けている。

その陣形の中央には、大きなひびが入っていた。

「それは魔石の劣化らしい。完全に割れたせいで、どうにもならないそうだ」

「石だけ交換できないんですか？」

「魔力付与を行うために、魔石自体に簡易の魔法陣を組み込んである。それを壊れないよう取り外すだけでも、かなりの手間と時間がかかる。そのままでは難しいな」

「そうなんですか……」

エリーはじっとそれを見ている。心なしか、うずうずしているようにも見える。

そういえば、彼女は魔力付与の工房にいたのだったか。だとすれば、壊れた魔導具を見る機会もあっただろう。場合によっては、修理する事もあったかもしれない。

色の薄い瞳はきらきらして、口元までむずむずしている。

そんな様子が面白くなり、アーヴィンはからかうように言った。

「気になるなら、遊んでみるか？」

「いいんですか？」

ぱっとエリーが顔を上げる。

「約束通り、無理はしなかったようだし、ご褒美だ。どうせオモチャのようなものだし、好きに試してみるといい」

「ありがとうございます！」

「そういえば、さっき渡した魔石はどうした？」

いそいそと魔導具に向き合うエリーに、ふと気づいて問いかける。エリーはこちらを見る事なく、当然の口調で答えた。

「あれですか？」
ツ、と魔石に指を添える。
「全部終わりました」

「な――」

何、と言いかけた時だった。

エリーの体から膨大な魔力が立ちのぼり、それが一点に収束した。

「――《修復》及び《取り外し》」

口にした単語に、アーヴィンが目を見張る。

まさかと思うのと同時に、魔石が強く輝いた。

中の魔法陣に光が灯《とも》り、壊れた部分を修復していく。

割れた石はそのままだが、欠けた文字がよみがえり、薄れた部分は魔力を補《おぎな》い、見る間に元の形を取り戻す。その中に新たな光が宿ったかと思うと、綺麗に魔法陣部分だけが取り出された。

それを新しい魔石に入れ、割れた部分を丁寧に外す。そして、新しい魔石を魔導具に組み込んだ。

「どうぞ」と手渡され、アーヴィンは呆然として受け取った。

「……エリー、今のは」

「よくお姉さまにやれって言われていたので……。これくらいなら大丈夫です」

彼女が「これくらい」と言った作業は、王宮魔術師が「繊細すぎる」と言って敬遠したものだ。

数日時間をかければできない事はないが、日々の仕事に忙殺されて、後回しになっていた。

元々、アーヴィンが趣味で集めた品だ。他にもそんな品物が山ほどある。ちなみに、実際に集めたのはサイラスだが。

魔導具は正しい時間を指し示し、チクタクと動き始めている。アーヴィンの手の中で、ほわりと七色の光が灯って消えた。

そこではっとしたように、エリーが慌てた顔になった。

「すみません、勝手に魔石を使ってしまいました。べ、弁償っ……」

「……構わない。いつか直そうと思っていたものだ」

それよりも、と彼は一歩進み出た。

「君は……すごいな」

「そうですか？」

「君はジャクリーン・ブランシールの妹なのだろう。その技術は、彼女から？」

「いえ、自分で覚えました」

正確に言うと、できないとひどい目に遭うため、必死になって覚えただけだ。ジャクリーンに教える才能はなかったが、罰を与えるだけの魔力は十分にあった。

「つまり、君にも魔法の才能があったということか」

「才能は……ないです。基本的なことはできますけど、それだけで」

「君が行った作業は、すでに基本的ではない」

目をぱちくりさせたエリーに、彼は淡々とした口調で告げた。

「小型化した魔法陣へのアプローチは難しく、失敗も多い。それだけに、作業は繊細かつ慎重に行われる。間違っても見ただけで行えるようなものではない」

「……時間をかけすぎると、姉が不機嫌になってしまうので……」

正確に言えば手が飛んでくる。だが、さすがに口には出せなかった。

食事抜きにされる事も多く、そうならないよう必死で学んだ。魔法陣の修復もそのひとつだ。魔力付与するために必要な技術はあらかた身につけている。それもこれもすべて、効率よく魔力付与を行うためだ。

そう言うと、彼は大きく目を見張った。

「ジャクリーン・ブランシールが天才だという噂は聞いていたが……君も、なかなかとんでもないな」

「私が、ですか？」

目を丸くした後、エリーは「とんでもない」と首を振った。

「お姉さまは私なんかよりずっとすごいです。昔から、一度も勝てたことがありません」

幼いころからジャクリーンは暴君で、エリーをさんざんいじめていた。

逃げようと思っても、ジャクリーンには敵わなかった。

エリーはジャクリーンの妹だが、才能なんてない。もしそんなものがあれば、とっくにあの家から逃げられたはずだ。

成長しても、ジャクリーンの暴力的な魔力はそのままだった。

最近ではもっぱら自分の美容と、エリーを痛めつけるためだけに使っている。エリーがいなくなった分、使える魔力が増えて、より美しさに磨きをかけている事だろう。

姉とは二度と会う事もないだろうが、願わくば自分とは無関係の場所で、幸せに暮らしていてほしいと思う。そうすれば、他の人間に被害はない。

まかり間違って姉が自分を捜すような事にでもなれば、一瞬で地獄に逆戻りだ。

「私の魔力では、お姉さまには勝てないと思います。でも、私、今は元気になったので」

はにかんだ顔で笑い、エリーは自信満々に宣言した。

「何かあった場合、全力で逃げようと思います！」

第五章　ジャクリーンの栄華と誤算

「……それはまた、前向きなんだか、後ろ向きなんだか、ですね」

翌日。昨日の出来事をアーヴィンから聞いたサイラスは、笑いを噛み殺しつつそう言った。

「どう見ても後ろ向きだろう。逃げられる気力が湧いたのはよかったが」

「それで、その魔石は？」

「これだ」

アーヴィンがざらりと机に広げる。

エリーに渡したのは、形も属性も様々な魔石だった。

魔石にも付与者との相性というものがある。魔力付与は繊細で、どの石にも付与できるわけではない。属性にも敏感で、少しでも違えば弾《はじ》かれる。ここにあるものはどれもそれなりに扱いが難しく、やりにくい魔石だ。

エリーの得意とする魔力が分からないため、自分に合うものを選んでもらえれば、といった程度の気持ちだった。

まさか、そのすべてに魔力付与できる人間がいるなど、想像した事もなかった。

「さすが、天才魔力付与師と名高いジャクリーン・ブランシールの身内……といったところですかね」

魔石を確認していたサイラスが口笛を吹く。

「すごいな、完璧に付与できてる」

「それだけじゃない」

アーヴィンは魔力計を放った。

「それで見てみろ」

「え、これって……え、えっ？」

魔力計とは魔力を測定する器具の事だ。元になる魔力を一として、どれだけの魔力が付与できたか確認できる。

通常の魔力付与は、〇・〇一から一・二。

一・〇以上ならまずまずの出来、一・五なら腕が良い。一・八もあれば上級付与で、どんなに工夫しても二・〇が限度だ。それを超える事は絶対にない。少なくとも、現状では。

だが――これは。

「一二八……え、百倍、以上？」

「こっちは一四七だ。残りの石も、一〇〇を下回るものはない」

「……魔力計が壊れましたか、閣下」

「壊れていない。私も試してみたが、正常だった」

そこで二人の男が黙る。

エリーの行った魔力付与は、極めて高度なものだった。

魔力付与ができる者は「付与師」、あるいは「付与術師」と呼ばれる。彼らは魔力持ちのおよそ一割ほどで、その力は高く評価される。それだけでも高度な技術なのに、エリーはその事が分かっていない。それほど姉の才能が突出しているのか、それとも――。

「エリーの言葉を信じるなら、ジャクリーン・ブランシールには彼女以上の才能があるという。だが、どうも腑《ふ》に落ちない」

アーヴィンも店主であるジャクリーン・ブランシールの噂は聞いていた。

ここ数年で驚異的な売り上げを誇る魔力付与の工房。その理由は、たったひとりの天才付与師の存在にあると言われている。

最初は平民と侮《あなど》られていたが、その活躍は目覚ましいものがある。

赤い髪をした妙齢の美女で、高位貴族とも親交がある。何より素晴らしいのが彼女の持つ魔力付与の才能で、その天才的なセンスは他を圧倒する。

曰く、誰にも付与できなかった大型魔導具への魔力付与。

曰く、同時に複数の魔石に付与する技術。

曰く、魔石だけでなく、宝石や魔導具、魔法陣にも精通していて、どんな付与でも楽々こなす。

そして、そのすべてを実現できる、すさまじいまでの魔力量。

どれを取っても卓越している。今では王族さえも興味を持っていると言われており、アーヴィンも彼女の名前だけは知っていた。

ただし、気になる点もある。

「どう考えても、ひとりでできる作業量ではない。複数で行ったとすれば、完全別作業になるだろう」

「大量の付与師を使って、自らの魔力不足を補っている——ですか。で、その中のひとりがあの子だと？」

「あの量の納品数が事実なら、相当数の付与師がいたはずだ。それも、極めて有能な」

「そんなに有能には見えませんでしたけどね。小さかったし」

「魔力持ちは見かけによらない」

あっさり答え、少し黙る。コツ、と指の背が机を叩いた。

「だが、現時点で確認できた魔力はひとり分だ」

「そしてそれは今までに行ってきたジャクリーン・ブランシールの仕事内容と、ほぼ一致している」

ここから導き出される結論は二つ。

彼女がとんでもない天才か、逆にとんでもない詐欺師かだ。

「普通に考えれば、ジャクリーン・ブランシールがずば抜けた才能の持ち主ってことですけどね。天才付与師って噂とも合致しますし」

「だが、そうなるとエリーが倒れていた理由の説明がつかない」

限界まで魔力を搾り取られたあげく、用済みとなって捨てられた。はっきりとは口にしないが、状況からそう見るべきだろう。

だとすれば、ジャクリーンがエリーの魔力を奪っていた事になる。

「さすがに仕事量が多すぎたとか？」

「調べた限り、ほぼ毎日夜会に参加している。手が足りないようには見えなかったそうだ」

「エリーがしていたのはお手伝いレベルとか？」

「あそこまで魔力を搾り取られてか？　しかも、彼女の魔力量は普通じゃない」

どう考えても、簡単に魔力欠乏を起こすような体質ではない。

「……というと？」

「つまり——」

コツ、とアーヴィンは指で机を叩いた。

「実際に魔力付与を行っていたのはエリーだった。違うか？」

そして魔力枯渇を起こしたと見るや、あっさり見限られて捨てられた。

それも執拗な暴行を加えてだ。

シン、と二人が沈黙する。

「エリーの回復が早かったのも、魔力量が多いなら説明がつく。魔力枯渇を起こさなかったのも、彼女自身の能力のおかげだろう」

「確かに、あの回復速度は異常でしたね。むしろあっちが天才だと言われた方がしっくりきます」

「同感だ。そして、彼女の魔力は以前に手に入れた魔導具のものとよく似ていた」

「なるほどなるほど……って、うわぁ……」

サイラスが呟いた後、ぞっとしたように身震いする。

「……ジャクリーン・ブランシールの行方はつかめたか？」

「王都にあるロドス伯爵家で暮らしているようです。ロドス伯爵は魔導具に造詣《ぞうけい》が深く、ジャクリーン・ブランシールの才能を高く買っていたとか。息子のアランも同様です。また、魔石を使ったアクセサリーを売る商人とも付き合いがあるため、その関係で囲い込みされたのではないかと」

「あの力が本物なら、何をおいても手に入れたい能力だからな」

「ゆくゆくは結婚の話も出ているようですが、なぜかその後、話が動いた様子はありません」

エリーを捨てた後、ジャクリーンの行方は分からなくなっていた。

身を隠したのかとも思ったが、単に仕事をしていなかったせいだろう。

エリーの話によれば、貴族の妻になると言っていたらしい。それはサイラスの情報とも一致する。

だが、いつまでもそのままでいられるはずがない。

「貴族が平民を妻にするなら、相応の理由が必要だ。もしくは愛人かもしれないが、彼女を手に入れたい理由はひとつ」

彼女の持つ魔力付与の才能をひとり占めにしたい。そして自らの利益とする。それがロドス伯爵家の狙いだろう。

だとすれば、彼女を働かせない理由がない。

エリーがいなくなってからひと月近く。未だにジャクリーンが仕事をしている気配はない。

だが、いつまでもこのままとは思えない。時期的に見ても、そろそろ動きがあるはずだ。

その時にエリーのいない不自由さを感じていれば、あるいは。

「今までの仕事量から考えて、彼女がひとりでこなせるとは思えない。ロドス伯爵の専属になれば、今まで以上の仕事を任されるはずだ」

「ですね。むしろ、エリーでも難しいかもしれません」

となると、次は。

「取り戻しに来ると思うか」

「どうでしょうね。いらなくなって捨てたわけだし、可能性は低いと思いますが。八つ当たりするためなら……まぁ、なんとも」

「私も同意見だ。しばらくは警戒を怠らないように」

「了解です」

彼らはひそかに頷き合った。

◇◇◇

一方、そのころ。

「素敵……！　なんて素晴らしいの？」

豪華なドレスを体に当て、ジャクリーンは飛び切りの笑顔を向けた。

「君に似合うと思ったんだ。気に入ったかい？」

「ええ、とっても！」

微笑みを浮かべる男性は、ロドス伯爵。五十代とは思えないほど若々しく、領地内外で手広く商売をしている。ジャクリーンの才能に惚れ込み、熱心に屋敷に誘ってくれた当人でもある。

その後ろには彼の息子であるアランもいたが、彼もにこやかな表情を崩さない。ジャクリーンを手放しで歓迎しているようだ。

「でも、申し訳ないですわ。この間もドレスを買っていただいたばかりなのに」

「構わないさ。優秀な才能に投資をするのは当然だ」

「まあ、投資だなんて」

ジャクリーンはころころと笑う。

彼の息子との結婚の話を出したのは、伯爵である彼本人だ。貴族の冗談はつまらないが、乗せられてやってもいい。

「君の付与した品を初めて見た時、信じられなかった。まさか魔力付与二・〇の壁を突破するとは。あれは一級品どころか、特級品だ。奇跡と呼んでもいいくらいだ」

「まあ、そんな」

恥じらうジャクリーンに、伯爵が熱心に言いつのる。

「ジャクリーン嬢が望むなら、いつまでもここにいるといい。欲しいものがあれば、なんでも手配しよう。君の望みはすべて叶える。だから、君の才能のかけらを我々に分け与えてくれないか」

「もちろんですわ、伯爵」

ジャクリーンは優雅に礼をした。

「わたくしの力があれば、伯爵家はますます栄えることでしょう。全面的な協力をお約束いたしますわ」

「ありがとう、ジャクリーン嬢。早速だが、仕事を頼んでも構わないかね?」

「ええ、もちろん」

「ではこれを」

運び込まれたものを見て、ジャクリーンは目を瞬いた。

「……これは？」

「いつもと同じ、魔力付与だよ。君には簡単すぎるかもしれないが。いつも通り、明後日までに頼む」

目の前にあるのは、魔石の入った箱だった。

ひとつの箱に入っているのは、およそ百個。それが三箱と、その他に豪華な首飾りがある。

「そちらの首飾りには、以前の付与と同じものを。宝石すべてに異なる属性の魔力付与など、まさに天才だ。魔石ではないのに、よくそんなことができたものだ」

「宝石にもわずかな魔力が宿りますもの。簡単ですわ」

ジャクリーンは知ったかぶりで口にする。

無能のエリーにできたのだ。自分にできないはずはない。

作業はエリーに丸投げしたが、あの愚図がうまくやったらしい。あれはすぐにめそめそと泣くが、命令した事はちゃんとやる。それがどんな内容でもだ。

そこだけは褒めてあげてもいいわねと、ジャクリーンはひそかにほくそ笑んだ。

無料の奴隷がいなくなったのは痛いが、元々ジャクリーンは魔力操作が得意だった。魔力量はエリーよりもずっと多く、実力もある。

あの泣き虫の役立たずさえ、それなりに仕事はできたのだ。あんなのろまがいなくとも、自分だけで十分だ。

「さてと。面倒だけど、始めましょうか」

彼らが部屋を出ていった後、ジャクリーンは息をついた。

本当は髪と肌の手入れに使いたかったのだが、しょうがない。

魔石をひとつ手に取り、魔力を込める。

「……あら？」

だが、いくら魔力を込めても、魔石にたまっていく様子はなかった。

やり方が悪いのかと思ったが、石はわずかに反応している。方法に問題はないらしい。

結局その後、三十分以上かけて、ようやくひとつの付与が終わった。

（不良品が交じってたのかしら）

舌打ちしたくなるのをこらえ、次の石を手に取る。

だが、それも同じだった。

いくら魔力を込めても無駄で、ほとんど使い切るようにして出し尽くす。ようやく三個の付与を終えたところで、ジャクリーンはへとへとになっていた。

「なんなの、これ……？」

ハアハアと息をつき、床の上にへたり込む。

残された石は、あと二九七個。

こんなものが終わるはずはない。

おまけに、翌朝彼女の元を訪ねたロドス伯爵は、ジャクリーンが付与した石を確認して眉をひそめた。

「すまないが、これでは到底魔力が足りない。いつも通り、二〇を超える付与でないと。これはせいぜい一・一から一・三。平民相手ならそれでもいいが、我々は貴族相手の商売をしている。申し訳ないが、やり直してほしい」

「な――」

「ここにある魔石は、どれも一級品だ。当然付与は難しく、必要な魔力も多くなる。今までもしていたことだろう。もしかして、調子が悪いのか？」

不思議そうに聞かれ、ジャクリーンは慌てて頷いた。

「実はそうなのです。どうやら、引っ越しの疲れが抜けないようで……。申し訳ありません」

「それは大変だったな。構わない、あと二日あげよう」

「二日……」

「どうかしたのか？」

伯爵に聞かれたが、いいえと答える。まさか本当の事が言えるはずもない。

「それとは別に、首飾りの方も頼む。そちらは急ぎではないが、早めに欲しい」

「はい、それはもちろん」

「頼んだぞ、天才付与師よ」

伯爵が出ていってしまうと、ジャクリーンは唇を噛みしめた。

こんなところでつまずくのは予想外だった。

ここ数年、ジャクリーンはまともに仕事をした事がない。覚えている限りで二回、エリーが魔力枯渇を起こす直前だ。

あの時も、ほとんどエリーが作業を終えていたから、自分がやるべき事はほぼなかった。簡単な魔力を流すだけで、どの仕事もすぐに終わった。

（ちょっと調子が悪いだけよ。慣れればすぐにうまくいくわ）

魔石の付与は後で考えよう。

いざとなったら、魔力持ちを大量に雇えばいい。それくらいは伯爵家の金でなんとでもなる。

なんといっても、自分は天才付与師なのだ。

（だけど、ちょっともったいなかったわね）

ジャクリーンの脳裏に、痩せっぽちの妹の姿が浮かぶ。

いつもおどおどしてみっともなく、ジャクリーンに逆らえない哀れな仔羊。

あんな無能でも、何かしらの役には立っただろうに。

（最後に痛めつけてスッキリしたけど……考えたら、まだ魔力がちょっぴり残ってたわ。あの魔力があれば、少しは違ったでしょうに）

いらないと思って放り出したが、まだ使い道はあったのだ。

最後までタイミングが悪いなんて、本当に役に立たない。愚かで馬鹿な、無能の妹。

そう――確かに、あの愚図は魔力量「だけ」はそこそこ多かった。

成長するにつれ、ますます増加しているようだった。

それでも、自分の方がすべてにおいて優れている。だから、何の問題もない。

ジャクリーンはそんな事を思っていた。

第六章　魔力付与

公爵家での生活に慣れるにつれ、エリーは徐々に健康的になっていった。

そんなある日の事だった。

「あれ、エリーの髪、ずいぶん綺麗になったなぁ」

魔導具の解析を手伝っていたサイラスが何気ない口調で言った。

「そうですか？　特に何もしてませんけど」

「最初に会った時よりもきらきらしてる。髪の一本一本に艶があるっていうか、光ってる感じ」

「光る……？」

肩の下まで伸ばされた金色の髪は、確かにサラサラと手触りがいい。毎日お風呂に入っているから、そのせいだろうか。

「それに、瞳の色も違う。前よりずっと深くて綺麗な紫色《アメジスト》だ」

そう言われても、鏡をまじまじと見た事はない。首をかしげていると、すぐそばにいたアーヴィンが当然のように頷いた。

「魔力欠乏が改善されて、適切な魔力が体内を巡るようになったんだろう。確かに君の髪も目も、ここに来た時とは色が違う。特に瞳は宝石のようだな。とても綺麗だ」

「かっ……⁉」

間近に迫った顔にぎょっとしたが、観察するような瞳は冷静だ。

相変わらずの距離感に、ささやかにのけぞって回避する。

(近い近い近い近い)

そしてやっぱりいい匂いがする。のしかかられているので、この間よりも強く感じる。

「閣下、エリーが困ってます」

「なぜだ」

「なんで分からないのかが不思議ですよ、俺は」

呆れた口調で言いながら、教えてやる気はないようだ。いい加減にのけぞるのも限界で、エリーは情けない声を出した。

「さ、サイラス様、助けてください……」

「割と微笑ましい構図になってるので、しばらく俺の目を楽しませてほしいな。閣下に迫られて抵抗してる村娘って感じで初々しい」

「せっ、迫っ……⁉」

「誰がだ」

アーヴィンが眉を寄せたが、距離は変わらない。だから近い近い近い……！　と言いたくなるのを抑えて、エリーはアーヴィンの胸に手を添えた。そのまま、そっと押し戻す。

「?」

「少々……距離感がおかしいです」

不可解な顔をしたものの、アーヴィンが言われるまま少し離れる。

ようやく姿勢が戻り、エリーはほっと息を吐いた。

「君の本当の目の色はそれか」

「よく分からないです」

「分からなくてもいい。とても綺麗だ」

ふ、とアーヴィンが微笑む。その顔もどきりとするほど整っている。

綺麗と言うなら彼の方がずっと綺麗だと思うのだが、本人にその自覚はないらしい。そして
とにかく距離が近い。ひたすら近い。

「魔力反応もよく出ているな。星のようで美しい。ぜひ今度、真夜中にその色を見せてほしい。

私だけに」

「は……」

「閣下、語弊があります」

手を取られたまま固まっていたエリーに、サイラスが冷静な声で突っ込みを入れた。

「何がだ」

「それは女性を寝床に誘う時の常套句《じょうとうく》です。エリーには不適当かと」

「ねどっ……⁉」

　一瞬で顔を赤くすると、彼は眉を寄せて言い返した。

「そんなつもりはない。瞳の魔力反応は、夜に見るととても綺麗だ。陽の光とはまた違った美しさがある。私はそれを見てみたい。もちろん、エリーが許してくれればだが」

「は……」

「まぁそんなことだと思いましたけどね。誤解されるんでやめてください」

　終始突っ込みモードのサイラスは、こんな事には慣れっこらしい。

　確かにこの容姿でそんなセリフを連発すれば、誤解されてもおかしくない。むしろよく今まで何事もなかったなこの人……と思ったが、さすがに口には出せなかった。

　魔導具の研究をしているアーヴィンは、あまり人とは接触しない。

　以前にサイラスが言っていた「職人気質」の名の通り、中身は完全に技術者のようだ。

　研究に夢中になるあまり、寝食を忘れる事も多いという。今は別件で忙しいため、あまり凝った研究はできないが、たまに簡単な魔導具を自作して楽しんでいるらしい。

　エリーも見せてもらったが、オルゴールの上に色とりどりの魔石がきらめき、音に合わせてくるくる回る代物だった。

　あの日の出来事は、今でもよく覚えている。

――可愛い……。

じっと見ていたら、なぜだかプレゼントしてくれた。断ったのだけれど、やや強引に渡された。そんなに欲しそうに見えたのだろうか。

オルゴールはエリーに用意された部屋で、毎日くるくると回っている。たまに魔石の色が変わって、そこが面白い。

仕組みは簡単だが、実際に動かすのは難しい。詳細な設計に加え、高度な魔力付与の技術が必要となる。アーヴィンはどちらも極めて優れている。

最初のころ、ぽつぽつと質問しているうちに、アーヴィンの興味を惹いたらしい。適性や仕事経験など、簡単な問答の後、今ではアーヴィンの助手のような扱いになっている。サイラスも他の仕事で忙しいため、手伝いが増えるのは歓迎らしい。名目は助手見習いだ。

エリーにとっても、珍しい技術を間近で見るのは勉強になる。結果として、二人であれこれ意見を交換しているうちに、すっかり意気投合してしまった。

魔導具に向き合うアーヴィンは、この上なく真摯《しんし》だ。

その姿を間近で見ているうちに、エリーの中にはいつの間にか、アーヴィンに対する尊敬の気持ちが芽生え始めていた。

――ただし、困った事もあるのだが。

「君は私にとって唯一無二の人だ、エリー」

「か……閣下、語弊があります」

いつの間にかアーヴィンの距離が近くなり、気づけばすぐそばにいる。

妙な意図があるのかと思ったが、そんな事はない。とんでもなく美しい藍色の瞳は、今日も清らかに澄んでいる。まったく妙な意図はない。

それなのに、距離が近い。ひたすら近い。

「君から目が離せない。君しか目に入らない」

「だから語弊です、閣下」

唇が触れるほどの至近距離で、綺麗な顔が甘く囁《ささや》く。

「末永くそばにいてほしい。いつまでも構わない」

「語弊が悪化しています」

「この命が尽きるまで、私から離れないでほしい」

「だから語弊」

「君を一生手放したくない。私は真剣だ」

「語弊ー‼」

「君を」ではなく「君の才能を」だ。そして、いくらなんでも過大評価が過ぎる。

「面白すぎるなぁこの二人」

「面白がってないで助けてください！」

この調子で愛の言葉――語弊だけれど――を囁かれ続けたら、エリーの精神が先にやられる。

そんなアーヴィンは言うだけ言った後、傍《かたわ》らにある椅子に腰かけて、何やら魔導具を調べている。エリーの視線に気づくと、「君も見てみるか」と差し出された。

「これは……指輪ですか？」

「古代魔導具ではないが、古い時代の品だ。以前に手に入れたものだが、動かし方が分からない」

少し幅広の、シンプルな指輪だ。銀の台座を囲むように、四つの宝石が配置されている。宝石の色はすべて異なっており、小粒だが質のいいものだ。宝飾品としても美しいが、魔導具である以上、ただ美しいだけではないだろう。

それらをまとめるように、中央に一回り大きなサイズの、半透明の石が埋め込まれていた。

「魔石がついてますね。調べてみてもいいでしょうか」

「構わない」という許可を取り、軽く魔力を流してみる。

しばらく待ったが、反応はない。次に魔力の強さを変える。やはり反応がないのを確認し、今度は濃度を。続いて火・水・風・土、それぞれの魔力を流してみたが、指輪に目立った変化はなかった。

雷・氷・光・闇。どの魔力にも反応しない。やはり量の問題だろうか。

だが、通常の付与なら十分な量を流し込んでも、指輪はまったく反応しない。弾いてしまうのではなく、ただ魔力を吸収している。たとえるなら、穴の空いた器に魔力を注ぎ続けている感じだ。

「どうだ？」

「駄目ですね……。呪文《スペル》は試してみましたか？」

「調べたが、呪文《スペル》で起動する仕掛けはないようだ。もっとも、単にその仕掛けを見つけられないだけかもしれないが」

「宝石の配置も気になります。石の並びに意味がある場合、色との兼ね合いも――」

「あ、あー、お二人さん」

話に熱が入ったあたりで、サイラスがそろりと両手を上げた。

「仲がいいのは結構だけど……距離、近くない？」

「む」

「え？」

そこで気づいたが、先ほどのアーヴィンとほぼ同じ距離だった。

指輪が小さいせいで、うっかり顔を突き合わすほど近づいてしまった。ぱっと飛び離れたエリーに、アーヴィンがなぜか眉をひそめる。

「邪魔をするな、サイラス」

「あとで気づいたらエリーのダメージが半端ないでしょう。みんながみんな、閣下みたいな距離感の人じゃないんですよ」

「エリーは私にとって好ましい、大切な人だ。彼女から近づいている以上、私には何の不満もない」

「閣下、語弊」

「語弊ではない。事実だ」

真顔で言うアーヴィンは堂々としている。発言内容に間違いはないらしい。いたたまれなくなったエリーが席を立とうとすると、サイラスが同情するような視線を向けた。

「ごめんねエリー、うちの閣下、度《たび》重なる語弊はあるけど、嘘がつけない性格だから」

「なお悪いじゃないですか！」

「これで愛の告白じゃないとか頭おかしいよね。でも本心だからさ、受け取って差し上げてよ」

「無理ですよ！」

相手は公爵、しかも元王宮魔術師の超エリート。

おまけに代々王宮に仕える名家なんて、どう考えても身分が違う。不敬が過ぎるもいいところだ。

ボロ雑巾のような自分を拾って介抱してくれたあげく、住む場所と食事まで与えてもらった。

おまけに仕事の手伝いをする事で、この屋敷にいてもいい理由まで与えてもらった。

本当に、感謝してもし切れない。彼らはエリーの恩人だ。

アーヴィンの助けになるなら、どんな事でも手伝いたい。なんでも力になりたいと思う。

だがそれが語弊となると……正直、頭が痛い。

「私あの、こういうの、慣れてないので」

小声で囁くと、サイラスがさもありなんという顔で頷く。

「だろうね」

「困ります」

「だろうね」

「どうしたらいいんでしょう……？」

ひそひそと話す横で、アーヴィンが眉を寄せたままこちらを見ていた。

「お前も近いぞ、サイラス」

「俺はいいんですよ。エリーは妹みたいなものだから」

「私も大切に思っている」

「閣下はねぇ……。ああ、うん、でもいいです。余計なことは言わないに限る」

よく分からない事を言い、サイラスは兄のような目でエリーを見た。

「頑張って、と言っておくよ」

「え？」

「いいから。頑張ってね、エリー」

戸惑いつつも、エリーはその言葉に頷いた。


それからは、指輪について調べる事が日課となった。

アーヴィンに課されているのは、希少な魔導具の研究と解析だ。その中には古代魔導具も含まれている。国の最重要機密に当たるため、アーヴィンにしか取り扱いが許されない。エリーにできるのは必要な魔石を補充したり、頼まれた魔導具に魔力付与する事だけだ。

それでも、サイラス曰く「ものすごくはかどるようになった」そうなので、それが本当ならとても嬉《うれ》しい。

そのささやかな功績により、エリーはただの助手見習いから正式な助手へと格上げされた。王宮へも話を通したそうで、それを知ったエリーは失神しかけた。

「大丈夫、エリーは優秀な助手だから」

「わ、私、優秀なんかじゃないです……」

「そんなことないって。それに――」

そこでサイラスが意味ありげな顔になる。

「実は、君に協力してもらいたいことがあるんだ」

「協力……ですか？」

「ずっと打診してたんだけど、ようやく許可が下りた。正直、閣下の働きかけのおかげだな。正式な助手である以上、エリーに明かしてもいいってさ」

「明かす？　何のことですか？」

「見れば分かるよ」

そう言って連れてこられたのは、アーヴィン専用の作業場だった。

初めて入ったその部屋は、思ったよりも狭かった。

窓がなく、装飾品の類いは一切ない。大きな机と椅子がひとつ、壁際に本棚が備えつけられている。見た事のない背表紙の本が数冊と、魔石がいくつか。知らない器具もたくさんあって、どれも興味深かった。

いつもエリーが使っている作業部屋の隣だが、ここに入れるのはアーヴィンとサイラスの二人だけだ。そのサイラスも、古代魔導具には決して手を触れない。「何があるか分からないからねー」との事だが、エリーだって相当怖い。

だがそれが聞こえたように、彼は軽い口調で笑った。

「エリーは大丈夫だと思うよ。古代魔導具については知ってる？」

「古い時代の遺物ですよね。今よりずっと力の強い魔法使いが作り出した、今よりもずっと強力な魔導具だって聞いてます」

「その認識で間違いないかな。ついでに言うと、今から君に協力してもらいたいのは古代魔導具に関わること。さらに言うと、元々君のお姉さんに頼もうと思ってた仕事なんだよ」

「え？」

「閣下、連れてきましたよ」

机で作業していたアーヴィンが、それを聞きつけて顔を上げた。

「よく来てくれた。まずは君に見せよう」

そう言うとすぐに立ち上がり、厳重に封がされた箱を手に戻ってくる。

大きさは両手の指を広げたくらい、それほど重くはないようだ。アーヴィンは慎重な手つきで箱を机の上に置き、やはり慎重な手つきで蓋《ふた》を開ける。

中から取り出したものを見て、思わずエリーは声を上げた。

「わぁ……」

それは銀色に輝く冠だった。

小粒の魔石がぐるりと配置され、中央にひときわ大きな魔石が飾られている。魔石の色はすべて黒。つややかな深みを帯び、黒真珠のように輝く。

「これは……？」

「古代魔導具だ。『王者の冠』と呼んでいる」

王家の宝物庫から持ち去られたとも、名のある魔術師の墓から発見されたとも言われている曰く付きの品だ。エリーも以前耳にした事がある。

これの研究と解析に数か月ほど前から取りかかっているのだが、どうも芳《かんば》しい成果が得られないという。

「簡単に言えば、魔力付与できない」

「え……そうなんですか？」

ちらりとサイラスに目を向けると、彼も「そうそう」と頷いた。

（魔力付与できない、かぁ……）

それは珍しい事ではない。この間見せてもらった指輪だって、未だに魔力付与できないままだ。

古い時代の魔導具の取り扱いは難しく、動かす事も至難の業《わざ》だ。古代魔導具ともなればなおさらだろう。

「エリーは魔力付与が得意なんだろう？　その力を見込んで、頼むよ。閣下の力になってくれないかな」

「つ……つまり私の責任が重大だと……！」

「そうではない」

慄《おのの》くエリーに、呆れ顔のアーヴィンが首を振った。

「君にそこまで負わせる気はない。サイラスも、余計なことを言うんじゃない」

「で、ですが、閣下……」

「君は十分役に立っているし、それ以上は望んでいない」

ありがたい言葉のはずなのに、エリーの胸がちくりとした。

望んでいない。つまり、期待もされないという事だ。

（……それは、やだなぁ）

できれば彼らの力になりたい。

もっと役に立ちたい。頑張りたいと思う。

ジャクリーンに強制されている時は、かけらも思わなかった。でも、今はそうじゃない。

（私……やってみたいんだ）

生まれて初めて感じる気持ちに、エリーの胸が高鳴った。

「……私ができることでしたら、お手伝いさせてください」

「エリー？」

「魔力付与だけはたくさんやってきました。お力になれたら嬉しいです」

誰かに命じられるのではなく、彼らの力になりたいと思った。

古代魔導具を見たのは初めてだが、魔導具である以上、魔力付与できる。きっと何か方法があるはずだ。

きっぱり告げたエリーに、アーヴィンが目を丸くする。

「……それは、助かるな」

（あ……）

笑った。

「とりあえず、触ってみてもいいでしょうか」

「もちろん」と許可をもらい、おそるおそる冠に触れる。

触った感じはひんやりとして、見た目よりも重かった。半分は魔石の重みかもしれない。とりあえず、エリーは指先に魔力を込めた。

「《魔力付与》」

だが、冠にはまったく反応がない。指輪の時と同じく、魔力をただ吸収している。礼を言って一度戻し、じっくりと考える。

（拒んでるわけじゃない……けど、このままじゃ動かない）

魔力を吸収しているのも気になる。古い時代の魔導具に共通する特徴だろうか。

それとも、とふいにひらめく。

「閣下、ここについているのは全部魔石ですよね？」

「ああ、そうだ」

「一連になっているということは、これすべてに魔力を込めればいいのでは？」

「そう思ってやってみたが、駄目だった。魔石を七百個ほど使用したのだが、途中で効果が切れてしまった」

「七百個……」

それはまたすさまじい。

（でも、気になる）

弾くでもなく、消すでもなく、魔力は冠に吸収された。エリーの魔力が拒まれているわけではない。

だとすれば、考え方を変える必要がある。

（古代魔導具は、大量の魔力を必要とする……）

その容量が大きすぎるため、今の時代では動かす事も困難だ。

アーヴィンが使った魔石は七百個。おそらく、大量の魔石をかき集めたのだろう。

だが、そうなると他者の魔力が混ざってしまい、綺麗な反応が出ない事もある。

この間エリーが付与した分では到底足りない。あれは普通の魔石の六百個分ほどだ。

だとすれば――。

ゆらりと、何かが奥底で揺らめいた。

これは魔力だ。

体の奥、ずっと深い部分で、膨《ふく》れ上がる直前の魔力を感じた。

ああ、この感じは久々だ。

姉の命令で大量の仕事をこなしている時、ごくたまに浮かび上がっていた感覚。

最近ではそれもなくなり、記憶の片隅に押しやられていた。

ずっと昔、遠い日には確かにあった、ほとばしるようなこの感じ。

（力が……あふれてくる）

たとえようもない心地よさが、全身をゆっくりと巡っていく。

指先から髪の一本一本まで、きらめくような魔力に満たされていく。

瞳の奥に魔力が宿り、一段と輝く感じがあった。

（気持ちいい……）

幼いころから搾取され続けてきた結果、ここまで魔力がたまる事は一度もなかった。成長しても根こそぎジャクリーンに奪われ続け、もはや魔力付与以外の行為を忘れてしまった。

何ひとつできないはずの、駄目な自分。

姉とは違う平凡な妹。出来損ないの娘。愚図。のろま。落ちこぼれ。

けれど、今はそうじゃない。

「エリー、君、どうしたの……？」

サイラスが驚いた顔になる。

「その魔力……え、何、どうなってるの？」

体中に魔力が満ちている。内側からとめどなくあふれてくる。手のひらからこぼれるほどいっぱいに、途方もない力が湧き上がる。

「閣下、もう一度冠を貸してください」

手を差し出すと、指先に魔力が揺らめいた。

渡された冠を握りしめ、エリーは一言口にした。


「――《魔力付与》」


途端、爆発的な力が立ちのぼった。

すさまじい魔力が冠に吸収されていく。その中で、いくつもの魔力が弾かれ、いくつもの魔力がせめぎ合い、まばゆい光を放ってぶつかり合う。

まるで光の洪水のような騒動が静まった時、肩で息をつくエリーが残されていた。

唖然とした二人がこちらを見ている。

「エリー、君は……」

「できました」

額に汗をにじませながら、エリーはにこっと笑顔になった。

「成功しました、魔力付与」

第七章　閣下の語弊

あれから数日。

アーヴィンの口を経て、魔力付与の経緯は王宮へと伝わった。

エリーが冠への魔力付与を成功させた後、王宮では大騒ぎとなったらしい。

研究を重ねた結果、古代魔導具の仕組みは特殊で、通常の魔力付与ではほとんど意味をなさなかった事が確認された。

簡単に言えば、正しい回路が開いていなかったのだ。おまけに、必要な魔力量が半端ではない。今までの方法では圧倒的に魔力が不足していた事が判明した。

古代魔導具を動かすには大量の魔力を必要とする。それが通説だったが、桁《けた》がひとつ違っていた。

今回はエリーによって魔力付与できたが、継続的に行うために必要な魔石はおよそ二千個。到底実用には及ばない。

「で、使い方は分かったの？」

「それはまだ……。私は魔力付与しただけなので、使い方までは」

「そりゃそうか。そっちは閣下の領分だもんな」

あれからアーヴィンは作業場の一角にこもりきりだ。無表情ながら、ものすごくうきうきしている。

おかげで暇になった二人は、片隅でお茶を飲んでいる。

「あんなに喜んでいただけるとは思いませんでした。踊ってましたね、本当に」

「たまに子供みたいなんだよな、あの人」

でもさ、とサイラスが紅茶をすする。少しお行儀が悪いが、ここにいるのは二人だけなので目をつぶる。

「よく分かったね、魔力が足りないって」

「なんとなくです。前に見せていただいた指輪も、魔力を吸収している感じがあったので……。だから、魔力不足なのかなって」

あれは古代魔導具ではないが、現代とは違う技術を持った魔導具だ。

「魔力なら閣下も大分《だいぶ》注ぎ込んでたんだけどなぁ……。さすがにあの量の魔力付与したら、当分動けなくなるレベルだから」

今までの古代魔導具に比べ、はるかに魔石の消費量が高かったのだ。

おまけに魔力付与する人間が複数いると、うまく付与できない仕掛けになっていた。

あれだけ大量の魔力を一度に付与するだけでも奇跡に近いのに、それをひとりで、しかも短時間にだ。どう考えても普通の人間にできるレベルではなく、今まで誰ひとり魔力付与が成功しなかったのも当然と言えた。

今は使用方法についての解析が続けられている。そちらはアーヴィンの専門だ。

手持ち無沙汰になったエリーは、部屋に置いてある魔導具すべてに付与を行い、訪れたサイラスを唖然とさせた。

「これだけ魔力が余ってるなら、この間の指輪にも魔力付与できるんじゃないの？」

「あれは難しいですねぇ……。冠とは全然違ってて」

あの指輪に施された魔法は複雑で、今も魔力付与は成功しない。やみくもに魔力を込めても反応せず、逆に閉ざされてしまうのだ。

一口に魔導具といっても、それぞれ性質も用途も違う。アーヴィンも冠と並行してあの指輪を調べているが、こちらはまだまだ難航している。

数日経って、ようやく冠の方の用途が分かった。

「かぶった者に莫大な魔力を授けるらしい。取り扱いには注意が必要だな」

「まさに王者の冠ですね」

「体内の魔力を活性化して、その力を効果的に高めるようだ。まだまだ研究の余地はあるが、とても興味深い」

同時に指輪の解析も継続している。こちらはなかなか進展しないが、石の色や配置、彫刻などの意匠から、アーヴィンはある程度の見当をつけているらしい。

「調べた限りでは、お守りのようなものだと思う」

しばらく調査した後、アーヴィンがそう結論づけた。

「お守り？」

「魔石と宝石を組み合わせた術式だ。魔石の中に、魔法陣が刻まれているだろう。どうやら魔除けの意味があるらしい」

確かに小さな石の奥、わずかな模様が見て取れる。

「あしらわれている石も、幸福の象徴だ。清浄の青、情熱の赤、豊穣《ほうじょう》の緑、母なる黄色。すべてが連なって、持ち主を守る」

「素敵……」

粒のそろった宝石は、ごく控えめにきらめいている。

こんなに綺麗なお守りなら、ずっとつけていたくなる。

エリーも年頃の少女なので、綺麗なものは大好きだ。だがさすがにこれは高価すぎるので、横で眺めている方がいい。

「おそらく結婚指輪だな」

「えっ？」

「それくらい手が込んでいる。嵌《は》めてみるか、エリー」

「い、いいえ、滅相もないっ」

「嫌いなのか？」

「そうではないですが、恐れ多くて」

そうかと頷き、彼はなんでもない口調で言った。

「どうせ私が手に入れたものだ。嫌いでないなら嵌めるといい。きっと似合う」

まごまごしているうちに手を取られ、するりと指輪が嵌められる。よりにもよって、彼が選んだのは左手の薬指だった。

「ごっ……」

語弊ではなく、行動による弊害？　誤解？　ええと……行動弊？

突っ込む声が途中で消えて、無言で指を見つめてしまう。こんな時に助けてくれるはずのサイラスは、あいにく席を外している。エリーが頼れる人はいない。

完全に固まったエリーに、彼は満足そうに頷いた。

「思った通りだ。よく似合う」

微笑む顔がとんでもなく格好良い。思わず見とれ、エリーの顔が赤くなる。

（語弊も行動弊も、困る……！）

だが、確かに指輪は美しい。

気を取り直し、エリーはきらきら光る指輪を見つめた。

（綺麗……）

それぞれの宝石が異なる輝きを生み出して、互いに輝かせ合っている。極小の魔法陣が組み込まれているなど、こうして見ても分からない。今は失われた高度な技術だ。

いつか詳しく調べてみたいが、さすがに難しい。

「これ、まだ使えるんでしょうか？」

「難しいところだな。効力を失ってからも、装飾品として使っていた可能性がある。その場合、魔導具としての価値はゼロだが、骨董品《こっとうひん》としての価値はある」

廃棄品と認められた場合、市場に流れる事もある。

とはいえ、古い時代の魔導具はそれだけで貴重なので、廃棄品と言えど高値がつく。最低でも、金貨半袋。それを割る事は絶対にない。

ほうっとため息をつき、指輪を外そうとすると、アーヴィンに止められた。

「君にあげよう。しばらく嵌めているといい」

「へっ？」

「君の魔力に馴染ませた方がいい。宝石の艶も良くなるはずだ」

「ああ……そういう」

つまりメンテナンスという事か。そう言うと、彼は「違う」と眉を寄せた。

「君にあげると言っただろう。私からのプレゼントだ」

「プッ……!?」

プレゼントのレベルをはるかに超えております閣下！

一瞬で脳内を駆け巡った言葉は声にならず、ふるふると首を振る。

「……っ、無理ですごめんなさいお返しします！」

「遠慮することはない。害のないものなら、普通に取り引きされている。先ほど言った通り、それも私が購入した品だ」

「そういう問題ではなくてですね……」

焦って外そうとしたが、それを察した相手に制された。

「外さないでくれ。私の気持ちだ」

「語弊‼」

「君に受け取ってほしい。女性に指輪を贈るのは初めてだ」

「だから語弊‼」

「君しか贈りたい相手はいない。君だけだ、受け取ってくれ。エリー」

「語弊――っ‼」

その後も攻防は続けられたが、最後には業を煮やしたアーヴィンに「主人命令」と告げられた。断る術は当然なかった。後で聞いたサイラスが爆笑していた。

（な、なんなんだろう、本当に……？）

よく分からない混乱の中、エリーは困惑しきりだった。

◇◇◇

（なんなのよ、もう……）

きつく扇を握りしめ、ジャクリーンはイライラと爪を噛んだ。

頼まれた魔石の付与は結局終わらず、体調不良で押し切った。

魔力付与の数値が足りない事も、「偶然」の一言で片づけた。

「どうしても調子が悪いのです。もしかして、何か原因があるのかもしれません」

エリーの魔力枯渇により、しばらくは作業量が激減していた。その事は伯爵も知っている。

そうかと納得してくれたが、その顔に浮かぶわずかな失望の色には気づいてしまった。

あれは心配というより、当てが外れたといった顔だ。

（なによ……あんな顔して）

美しい自分を手に入れられただけでも十分ではないか。

自分が伯爵家の嫁になれば、どれほどの箔《はく》がつく事か。何せ、今一番もてはやされている天才付与師なのだ。

少し調子が悪いだけで、すぐに仕事には慣れるだろう。そもそも、貴族の妻になってからも魔力付与の仕事をするつもりなんて毛頭ない。

自分は贅沢三昧して、毎日華やかに暮らすのだ。

伯爵はともかく、息子のアランはジャクリーンに首ったけだ。

少し甘えて泣き言を言えば、すぐに許してくれるだろう。

だが、アランもこれに関しては頑固だった。

「君の気持ちはよく分かるよ、ジャッキー。けれど、平民である君が、伯爵家の跡取りである僕と結婚するには、相応の理由が必要なんだ。君が誰よりも素晴らしい才能の持ち主だということを証明できれば、国王陛下も許してくれる。それは前にも言ったはずだ」

「それはそうだけど……」

「高位貴族との結婚には国王陛下の許可がいると、君も知っているだろう？　僕はそうしたいんだよ、ジャッキー」

「でも、アラン。わたくし、少し疲れてしまったの。もう魔石の付与はたくさん」

「飽きてしまったということかい？」

本当は違ったが、ジャクリーンはすかさず頷いた。

「ええ、そうよ。あんな簡単な付与、本当ならすぐにできるのだけど。あまりに退屈で、調子が悪くなってしまったみたい」

そんな事があるはずもなかったが、アランはすぐに頷いた。

「それは申し訳なかったね。分かった、魔石の付与はしばらく中止にしよう」

（やったわ……！）

内心で快哉《かいさい》を叫んだジャクリーンだが、続く言葉にぎくりとした。

「そういえば、宝石の方は終わったのかい?」

「え……ええ。もう少しかかりそう、だけど」

「以前に君が行った魔力付与は素晴らしかった。本当に感心したよ。たったひとりで、あれだけの付与を成功させるなんて。一体どうやったんだい?」

「い……いやね。それは企業秘密よ、アラン」

「僕にもその秘密を明かせないというわけだね」

アランがうっとりした目でジャクリーンを見つめる。彼は見目の良い青年なので、そんな目で見つめられると気分が良かった。だが、今は素直に喜べない。

「残念だけど、仕方ない。いつか君の気が変わることを祈っているよ」

そう言われても、話す事などできない。ジャクリーンにそんな知識はないからだ。

だがあれはジャクリーンがした事になっている。秘密だと言えば、それ以上は追及されない。

だからそれを利用して、あいまいに微笑んでおく。

「四属性の性質を持つ首飾りなんて、どれだけの金貨を積んでも手に入らない。あれは君にしかできない神業《かみわざ》だよ、ジャッキー」

「ありがとう、アラン」

「君のように才能豊かな女性がいるなんて、本当に素晴らしい。君と出会えて、僕は本当に幸せだ」

ジャクリーンの魔力付与をひたすら褒め、その才能に賛辞を惜しまず、最後に愛を囁いてアランは部屋を出ていった。そのセリフも『君の才能に嫉妬しそうだ』だったので、さして甘ったるいわけでもない。

（なんなのよ、もう）

魔力付与を褒められても嬉しくない。あれは全部、ジャクリーンがエリーにやらせた事だ。無能な妹の顔を思い出し、完璧に整えた眉がきつく寄る。

いなくなってからも自分をイラつかせるなんて、本当に腹立たしい。やっぱりもっと痛めつけておくんだった。あの能無し、と舌打ちする。

だが、魔石の付与がなくなったのはありがたい。

あんな重労働を続けていたら、肌も髪もぱさぱさになってしまう。実際、ここ数日だけでジャクリーンの髪は艶が消え、肌もずいぶんくすんでしまった。後でたっぷりと手入れしなければ。

そういえば、エリーを捨ててずいぶん経つが、死体が見つかったという話は聞かない。あの子はどこへ行ったのだろう。

（まあいいわ）

気を取り直し、首飾りに取りかかる。

魔石もそうだが、宝石の魔力付与も難しい。魔力を定着させにくい上、少しでも加減を間違えると失敗する。エリーに丸投げした結果、どうにかうまくやったらしいが、その方法をジャクリーンは知らない。興味もないので聞かなかった。

だが、あの無能にできて、自分にできないはずはない。

（まずは水ね）

青い宝石を選び、ジャクリーンは水の魔力を込めた。

「――《魔力付与》」

だが、魔力は宝石を通り抜け、そのままこぼれ落ちてしまう。

それならばと思い、もっと強い魔力を込めたが、やはり結果は同じだった。何度やっても定着せず、わずかな魔力も付与できない。

気を取り直して、今度は土。土の魔力を込めると、今度はすぐに反応があった。ほっとしたのも束の間、すぐに黄色の宝石が濁り始める。慌てて中断したが、一部が変色してしまった。

次は火。赤い石は魔力を帯びやすく、試行錯誤の末、わずかだが魔力が定着した。伯爵の要求するレベルには到底足りていないが、これで納得してもらうしかない。水と土は、後でどうにかしてもらおう。

（最後は風……）

緑色の石に魔力を込める。定着した、と思った直後、バンッ‼　と音を立てて弾け飛んだ。

「何⁉」

属性の違う魔力をひとつのアクセサリーに仕立てると、反発し合う。

風の魔力はかき消され、せっかく付与できた火の魔力が炭化していく。急いでやり直そうとしたが、すでに変質しているせいか、ジャクリーンの魔力を受けつけない。黄色の石はますます濁り、赤い石は黒ずんで、緑と青の石は輝きを失う。

魔力付与を失敗した場合、宝石にまで影響が出る。

魔力付与を行っている者なら当然知っているはずの事である。だからこそ、取り返しがつかなくなるのを恐れ、宝石の魔力付与は敬遠される。その価値が高いものならなおさらだ。

だが、ジャクリーンにそんな事は分からない。

失敗をどうにかしようとして、次々に魔力を重ね掛けする。それは宝石の魔力付与における最大の禁忌だが、彼女が知るはずもない。

やがて、どうにもならないほど宝石が変色してしまい、ジャクリーンはその場にへたり込んだ。

（どうしよう……）

いつの間にか、じっとりと冷や汗がにじんでいる。

記憶にある限り、魔力付与は簡単な仕事だった。

あのころはエリーよりも魔力が強く、作業も楽々こなしていた。頭がよく、魔力操作も得意だったジャクリーンは、近所でも評判の美少女だった。

みんなに褒めそやされながら、平凡なエリーを馬鹿にしていた。

しょっちゅう魔力を流し込んでいじめ、泣き叫ぶ姿を見て楽しんだ。

あのころは、確かに簡単だったのに。

(どうしてよ……)

ジャクリーンは気づいていなかった。

あのころに比べて、必要な魔力量が桁外れに増えた事。

仕事を始めたばかりのころと違い、どんどん複雑な仕事が舞い込んでいた事。

そのすべてをエリーに押しつけ、まともに仕事をしていなかったジャクリーンが、いきなり高レベルの魔力付与などできるはずがない。

まして今、彼女に仕事を依頼しているのは伯爵家だ。

一般的に、貴族の仕事内容は難しく、平民の時とは比べ物にならないほど高度な技術を要求される。ジャクリーンは気軽に引き受けていたが、そのすべてを行っていたのはエリーだ。今のジャクリーンには手も足も出ない。

(どうしたらいいの……)

わなわなと震える手を握りしめ、ジャクリーンは唇を噛んだ。

エリーに押しつけようにも、ここにはいない。

魔力枯渇を起こしたのを知って、用はないと捨てたからだ。その直前にずいぶん暴行を加えたから、今は瀕死《ひんし》の状態だろう。見つけても役に立つとは思えない。

だったら他の人間をと思ったが、ジャクリーンの要望を満たすレベルの付与師は存在しない。それもそのはず、エリーと同じ仕事をこなせる人間はこの国にいない。

たとえいたとしても、とっくに独り立ちしているか、王家のお抱えになっているだろう。はした金程度で雇われるはずがない。

こんなはずではなかったのに。

無能な妹を切り捨てて、身軽になって伯爵家に嫁ぐ。

自分は天才付与師の称号を得て、周りから賞賛される。それが当然だと思っていた。

――そのはず、だったのに。

（どうしよう……）

冷や汗が頬を伝い落ちる。

握りしめた宝石は、泥水のように濁っていた。

第八章　四属性付与と四種の宝石

（どうしよう……）

オルゴールに続き、指輪までもらってしまった。

指輪を見つめ、エリーは小さく息を吐いた。

確かに素敵だとは言ったが、もらうつもりなんてなかった。むしろ、今からでも返したい。何かに紛れてそっと返してしまいたい。

だが、結論から言うと無理だった。

詳しい経緯は省くが、どうあっても無理だった。それはもう、何をしても無理だった。本当に本気で無理だった。一応書くと、泣き落としをしても無理だった。


――もらえないです！　返します、返したいです！

――返されてもどうしようもない。これはもう君のものだ。

――閣下のものですよ！　私にはとても似合いません。

――そうか、よく分からないから、とりあえず嵌めてみるといい……ああ、よく似合う。

――ちょっと待ってください、なんで状態固定の魔法を……あ、抜けない⁉

今思い出してもひどい話だ。

ちなみに、状態固定はすぐに解ける仕様だった。当然だ。

そもそも、どんな仕組みか分からない古い時代の品物なので、外れないようにする事は禁止事項だ。マナー違反である前に、何かあった場合に対応できない。今回はお守りなので無害だが、魔導具によっては取り外しできなくなる危険なものもあると聞く。

もっとも、アーヴィンはさりげなくエリーの身を守る魔法もかけていたらしく、その過保護ぶりには戸惑ったが。

そんなやり取りを聞いたサイラスが腹を抱えて笑っていた。ちょっとひどいんじゃないかと思う。

最終的に、仕方なく受け取ると、アーヴィンは非常に満足そうな顔をしていた。

(値段だけは聞かないでおこう……)

せめてもの心の平穏だ。

「お給料だと思っておけばいいのに。エリーは真面目だなぁ」

「一生働いても返し切れないほどですよ。うう、一本だけ指がきらきらしてる……」

「そんなエリーにいいものを持ってきたんだけど」

そう言うと、サイラスは小箱を取り出した。中身を見たエリーが目を瞬く。

「……これは？」

そこにあったのは首飾りだった。

元は色鮮やかな宝石だったはずだが、四つの石はすべて濁り、完全に輝きを失っている。中のひとつは消し炭と化して、べったりと魔力がこびりついていた。

宝石の内部まで変質した魔力が入り込み、その状態で固まっている。

魔力なだけに、磨いても落ちるものではない。魔石と違い、無理やり除去するのにも向いていない。少し加減を間違えば、最悪、砕けてしまう可能性もある。

おまけに、魔力が無駄に強力なせいか、どうにもならない状態のようだ。

「俺の知り合いの奥様が、腕のいい工房に依頼したんだけど。何の手違いか、こんなことになったらしい。奥様にとっては大切な品でね。どうにかしてくれないかって泣きつかれて」

「魔力付与が失敗したんですね。ここまでひどいのは珍しいです」

「どこの工房でもお手上げで、一応持っては来てみたけど……。やっぱり無理だよなぁ、ごめん」

持って帰るよと言ったサイラスを、エリーは袖を引いて引き留めた。

「大丈夫です、できます」

「できるの？」

「前に、お姉さまに命じられた仕事に似たようなものがあって……。これはこびりついた魔力を取り除く必要がありますけど、元に戻ると思います」

手早く準備をし、エリーは金属部分に触れた。

思った通り、魔力は完全に固まっているが、このくらいなら取り除ける。

「《魔力除去》」

言葉と同時に、首飾りが光に包まれた。

「え、いきなり？　下準備とかなくていいの？」

「これくらいなら平気です」

通常は聖水に浸したり、特殊なインクで魔法陣を描き、魔力を増幅させてから行う。だが、あの場所でそんな事ができるはずもなかった。

指先で触れると、見る間に濁りが薄れていく。

エリーは意識していなかったが、魔力付与と同じく、付与された魔力を取り去るのも非常に難しい技だった。その力が上級ならば「聖女」とあがめられるほど。

そんな事など知らないエリーは、汚れを落とす感覚だ。

実際、こびりついた魔力の除去は洗浄に似ている。二、三度繰り返すだけで、宝石が元の輝きを取り戻す。まばゆいほどに光り輝くのを見て、サイラスが感嘆のため息をついた。

仕上げに金属部分の魔力を除去し、完全に綺麗にする。

「ふわぁ……。すごいとは思ってたけど、ほんとにすごいんだなぁ、エリーは」

「そんなことないですよ。普通です」

「いや、これもう普通じゃないって」

そう言われたが、どうもピンとこない。

これはあくまでも魔力付与の下準備で、日常的な仕事のひとつだった。実際、ジャクリーンもよく『これくらいならあたしにだってできるわよ』と言っていた。

（だけど）

彼らの役に立てたのなら、とても嬉しい。

喜びを噛みしめていると、「あのさ」と、おそるおそる聞かれた。

「……まさかとは思うけど、エリーならこの宝石全部にそれぞれ属性の違う魔力付与ってできたりする？」

「できますよ」

「マジで⁉」

「四属性でいいんですよね？　この首飾りの宝石なら、すぐにできます」

やりましょうかと言うと、サイラスは飛び上がって喜んだ。

「うわーありがとう、すごく助かる！　実はちょっといいところのご婦人で、できれば恩を売っておきたかったんだ。やってもらえたらありがたい。お礼もするよ！」

「いいですよ、これくらい」

「ちなみに、それって俺が見てもいいやつ？」

「もちろんです。あ、でも、最近は新しい付与を試すなら、閣下がそばにいる時にって――」

「私がなんだ？」

突然現れたアーヴィンに、サイラスが「うわっ」と叫んだ。

「閣下！　脅かさないでくださいよ」

「私の仕事場に私がいて何が悪い？」

そして閣下と呼ぶなと告げる。すっかり閣下呼びが定着していたエリーも首をすくめた。

「エリーの閣下呼び可愛いじゃないですか。それとも嫌？」

「エリーはしょうがない。お前は嫌だ」

「差別‼」

（あ、私はいいんだ）

その事に少しほっとする（ちなみに、サイラス様ごめんなさいと内心で思った）。

胸をなで下ろしたのも束の間、アーヴィンがなぜかこちらを見た。

「だが名前で呼んでくれても構わない。とても好ましい」

「か……閣下？」

「どうか気楽に呼んでほしい、アーヴィンと」

「ご、誤解を招きます、その発言は」

「誤解ではない。君に名前を呼んでもらえたら嬉しい」

正確に言えば、「閣下呼びじゃない方が嬉しい」だろうか。語弊。明らかに語弊。

（いやもう語弊とかいうレベルじゃない……）

ぐったりと疲れたが、そんな事をしている場合ではない。

気を取り直し、首飾りを手に取る。

別に秘匿《ひとく》技術ではないので、見られても一向に構わない。元々、ジャクリーンの注文に対応できるように工夫した手法だ。やり方は少々特殊だが、難しい事でもない。

金属部分に触れて、まずは弱い魔力を流す。

全体に魔力が行き渡ったら、次は宝石に。魔力量が偏《かたよ》らないよう注意しつつ、慎重に魔力を流していく。やがて、宝石が淡く輝き出した。

宝石と魔力が馴染んだところで、改めて宝石に手を触れる。すべての石に指を置くと、エリーは一気に魔力を込めた。

「――――《魔力付与》」

四色の光に加え、白い光が立ちのぼる。それは反発する事なく、宝石の中に吸い込まれた。

「四属性の魔力を一気に？　しかも反発なしで⁉」

「基礎となる無属性の魔力で中和して、同時に行えば大丈夫です。魔石と違って、弱い付与で済みますし」

「それにしても……驚いたな。閣下もそう思うでしょう？」

「ああ、そうだな」

アーヴィンも驚いた顔をしていた。しげしげと、エリーの手の中の首飾りを観察している。

「見てもいいだろうか」と聞かれ、エリーは頷いた。

「サイラス様、構いませんか？」

「ああ、うん、もちろんいいけど……すごいな、まったく」

サイラスは驚きを通り越して、ぽかんとした顔をしている。「どうぞ」とアーヴィンに首飾りを渡すと、彼は真剣な顔でそれを眺めた。

「金属部分の魔力は完全に消えているな。ごく弱く、付与と同時に消えるほど薄く。逆に宝石の周囲は少し強めに。この意図は？」

「宝石に魔力を付与する時、周囲の魔力を吸い取ってしまうので……。金属部分は、ええと、目くらまし、みたいな感じです」

「目くらまし？」

「同じ魔力で薄く覆うと、反発が起きにくくなるんです。逆に少しでも厚いと駄目で、力任せにやると失敗します。それで、目くらましを行った後、一気に四つ付与するのが一番うまくいったので……」

「なるほど」

首飾りをあちこち引っくり返し、アーヴィンが得心のいった顔になる。

「できれば私にもひとつ欲しい。頼めるか」

「材料さえあれば、もちろん」

「あっエリー、俺も欲しい。小さいのでいいからお願い。もちろんお礼はたっぷりするから」

「いいですよ、そんなの」

エリーは笑って首を振った。

同時に別の属性に魔力付与する方法は、面倒だが単純だ。宝石によって容量の上限が変わるので、様子を見ながら加減する。これは同じくらいのグレードなので、比較的簡単に行えた。

聞かれれば教えても構わない技術だ。だから何度でも行える。

エリーにとっては、少し手のかかる工作のようなものだ。

けれど、実際のところ、それは非常に高度な技術だった。

ひとつのアクセサリーに付与する魔力は原則ひとつ。それが魔力付与の常識だ。

そもそも、一度に二属性以上の魔力を展開する事がほぼ不可能だ。しかも加減を加えながらなど、まさに神業と言っていい。

説明を聞いたとしても、できる人間は皆無だろう。それが分かっている他の二人は、なんとも言えない顔をしている。

もはやエリーが魔力付与を行っていた事は疑いようもなかったが、だとすれば実家での扱いはひどすぎた。

今までの生活を察した二人は、（よくもまぁ…）といった顔をしている。

「それよりも、首飾りに残っていた魔力、かなり変質していましたが……あの付与をした人、大丈夫ですか？」

「ああ、それなら問題ないよ」

サイラスが事もなげに言う。

「最初の工房で致命的なミスがあって、あちこちたらい回しにされた結果だから。名前は出てないけど、初心者でもやらないようなひどいミスだよ。失敗をごまかそうとして、強引に魔力の重ね掛けをしたんだ」

「ああ……道理で」

「あれをやった当人、真っ青だろうな。同情はしないけどね」

自らの魔力を過信したあげく、力任せに付与したのだ。失敗した後の処置もひどく、それを隠そうとして墓穴を掘った。被害がひどかったのはそのためだ。最初の段階で中止していれば、もう少しはマシだったろうに。

「責任取らされないといいですね。きっと慣れていなくて、緊張したんですよ」

「お人好しだなぁ、エリーは」

そうではないと首を振り、エリーはふと肩をさすった。

「どうした？」

「いえ……何か今、少し悪寒が」

顔を覗《のぞ》き込んできたアーヴィンに答えると、横にいたサイラスが首をかしげる。

「風邪かな。今日は何かあったかいもの食べようか、エリー」

「ありがとうございます」と答えながら、エリーはまだ肩をさすっていた。

◇◇◇

こんなはずでは、とジャクリーンは青ざめていた。

「なんということをしてくれたんだ。侯爵夫人直々の依頼である宝石に、あんな真似をするなんて！」

「も……申し訳ありません、ついうっかり」

「ついだと⁉　『つい』で済む問題ではない。君は分かっているのか、自分のしでかした失敗の大きさを！」

宝石を見たロドス伯爵は顔色を変えた。

あれこれ言い訳を述べるジャクリーンを一顧だにせず、すぐに人を手配する。魔力の除去には時間がかかったようだが、無事に元通りになったらしい。元に戻ったならいいではないか。

大げさね、と内心でむっとする。

多少の失敗くらい、誰にでもある事だろう。

そもそも宝石の魔力付与は難しい。それくらい、彼も知っているはずなのに。

自分はエリーの失敗を認めなかったくせに、そういう事は都合よく忘れている。それよりも、怒鳴られた事が腹立たしくて、歯噛みしたくなる。

「君は本当に魔力付与の仕事をしていたのか？」

ぎくり、とジャクリーンが身を固くする。

「魔石といい、君の話にはどうもおかしなことがある。すまないが、本当に以前のような魔力付与ができるのか、今の君に？」

「もちろんですわ。今はたまたま調子が悪いだけです、本当ですわ！」

「たまたま、か」

伯爵がその言葉を繰り返す。あまり信じていないのは、その顔つきからもよく分かる。

「ひとつ聞きたいのだが、ブランシール嬢」

ついこの間、親しみを込めて「ジャクリーン嬢」と呼んでいた彼は、視線に冷ややかなものをにじませた。

「君は本当にあの魔力付与を行った人間なのか？」

「っ……それは」

「君が魔力付与した魔石は、以前と魔力が異なっているように見える。それとも私の勘違いかね？」

「きっ、気のせいですわ！　どちらもわたくしの仕事です！」

まずい、とジャクリーンは舌打ちしそうになった。

すべてをエリーに押しつけていたので、ばれるはずはないと高をくくっていた。検出される魔力はいつもひとり分。それはすなわち自分の手柄だ。

まさか、魔力を見比べられるとは思っていなかった。

「――君の工房には、確かもうひとりいたはずだね。君の妹さんだったか。もしかして、彼女と何か関係があるのでは？」

「違いますわ！　エリーは無能の役立たずで、わたくしのお荷物だったのです！」

「だが、今の君は魔力付与すらまともにできないではないか」

「ですから、それはっ……」

言いかけて、ジャクリーンはアランを振り返った。

「アラン！　あなたなら信じてくれるわよね。わたくしが有能な付与師だと。全部わたくしの実力だと、お父さまに説明してちょうだい」

「ああ、うん、そうだね」

分かっているよと言いながら、アランもどこか気のない様子だ。ジャクリーンに急かされても、反応が薄い。伯爵もそれを当然のように眺めている。

(何よ……‼)

かっと頭に血が上ると、「ねえ、ジャッキー」と名前を呼ばれた。

「僕は言ったよね？　君の才能に惚れ込んでいるって。君の魔力付与は本当にすごかった。素晴らしい才能だと思ったよ」

「え……ええ」

ジャクリーンが頷く。それは出会った時からずっと聞かされているセリフだ。

「初めて見た時から、僕は君に夢中だった。どれだけ使っても減らない魔力、見たこともない高レベルの魔力付与。そして、大量の注文にも文句を言わず、期日を守る仕事への姿勢。どれをとっても素晴らしかった。君しかいないと思ったよ」

「そうよ。だからあた……わたくしは――」

「だから、僕は君が欲しかった。君という存在を手放したくなかったから。それもこれもすべて、君が天才だったからだ」

そのころを思い出したのか、貴公子めいた顔に微笑みが浮かぶ。

ジャクリーンが一目で気に入った、王子様のような美貌。

彼に崇拝され、お姫様のように扱われる事が嬉しくてたまらなかった。

浮かべていた笑みを、アランはふと消した。

真顔になると、彼が思ったより冷たい顔立ちだという事に気がついた。

（なんなの……？）

よく分からない不安が込み上げてきて、ジャクリーンはドレスの脇を握った。手のひらがじっとりと汗で濡れている。

このままではまずい。

それは分かっているのに、どうしたらいいか分からない。

ジャクリーンの動揺をよそに、彼は無表情のまま彼女を見据えた。

「このままだと、君をここに置いておくことはできない。宝石の失態を挽回《ばんかい》して、なお余るほどの価値を見せなければ。それができないなら、君との関係は終わりだよ、ジャッキー」

「なっ……!?」

なんでよ、とわめきたいのを抑えて、ジャクリーンは「どうしてなの？」と聞いた。表面上はあくまでもしおらしく、儚《はかな》げに。

けれど、淑女の作法にのっとった問いは、わずらわしげな視線ひとつで崩れ去った。

「どうしてって、当然だろう。僕らは慈善事業をしているわけじゃない。君という才能に惚れ込んだ以上、その才能がなくなれば、それで終わりだ。事業《ビジネス》とはそういうものだろう？」

「あなたはわたくしが好きだと言ったわ！　結婚してほしいと！　そもそも、先に話を持ちかけたのはそっちでしょう。伯爵がそう言ったのよ！　息子の妻になってほしいと！」

美しさだって磨きをかけたし、ドレスや宝石にも金をつぎ込んだ。途中からは彼らがプレゼントしてくれるようになったけれど、散財も相変わらず続けていた。

ジャクリーンは華やかで美しい。それだけでも十分に価値があるはずだ。

なのに、どうして、そんな事を言うのか。

「何か勘違いしているみたいだけど、ジャクリーン・ブランシール」

そこでアランはうんざりした顔を見せた。

「僕は最初から言っていたはずだ。君ではなく、君の才能に惚れ込んでいると。君が金髪だろうと、青い目だろうと、そんなことは関係ない。正直言って、二目と見られない醜い顔立ちでも構わない。そこに才能があればね。僕は才能のある妻が欲しいんだ」

「才能……ですって……？」

彼らに依頼された仕事をこなしていたのはエリーだ。

ジャクリーンはそれを取り上げて、手柄をひとり占めしていただけ。

無能の妹を痛めつけ、恐怖で支配し、無理やり働かせていただけだ。

「もう一度聞くよ、ジャクリーン。君は、本当にあの付与を行った人間なのか？」

アランの目がじっと見ている。ロドス伯爵の視線も感じた。

ガラス玉のような目で、青ざめたジャクリーンの様子を観察している。

「わ……わた、わたくしは……」

震えているのが自分なのか、それとも地面が揺れているのか、ジャクリーンには分からなくなっていた。

◇◇◇

「――できた」

その声は唐突に響いた。

「できた……できた、できました！」

「本当か？」

「すごいよ、エリー！」

ぴょんぴょん飛び跳ねるエリーに、二人が目を輝かせる。飛び跳ねるのをやめると、エリーは握りしめていた手を開いた。

そこには淡く輝く石があった。

「指輪の魔力付与、成功しました！」

ここまで来るには長かった。

途中で何度かくじけそうになったが、きらめく石を見ると気力が湧いた。

毎日柔らかい布で拭き、そのたびに話しかけ、ついでに魔力を流していたら、ある日、唐突に反応があったのだ。

「日数に関係があるのか、それとも魔力の合計か。非常に興味深いな」

「どっちにしてもよかったね、エリー」

「はい！」

あまりにも嬉しくて、エリーは指輪を握り込んだ。そのまま、ぎゅうっと胸元に抱きしめる。

その時、そわそわしているアーヴィンに気がついた。

（あ、そうか）

「どうぞ、閣下」

エリーが指輪を差し出すと、アーヴィンが戸惑った顔になる。

「ご覧になってください。閣下がお好きなだけ、ご自由に調べてくださって構いません」

「だが、これは君にあげたもので――」

「では、解析をお願いします。私では分からないので」

どうぞ、と笑顔になる。

アーヴィンはまじまじとエリーを見た。

その顔が唐突に近づき、いきなり手を取られたかと思うと、頬に勢いよくキスされた。

「――感謝する！」

ぽかんとするエリーをよそに、いそいそと作業場へ直行する。扉が閉まる直前に聞こえたのは、聞き間違いでなければ鼻歌だった。

「あーあ、さすが研究バ……んんっ」

主がいないので、サイラスがちょっと失言している。

「大丈夫、エリー？　ショック受けてない？」

「い、いいえ、大丈夫です……」

頬を押さえたまま、エリーが呆然と返事をする。

（いい匂いがした）

触れた唇の感触よりも、その香りの方が記憶に残った。


指輪の解析は、冠よりも時間がかかった。

冠の詳細はすぐさま王家に伝えられ、引き続き調査するようにと命じられた。確かに、まだ不明な点も多いので、このまま国には戻せない。

逆に指輪はアーヴィンが個人的に買い求めた品なので、割と気楽なものだった。

所有権がエリーにあるせいか、覗き込んでも怒られない。今もアーヴィンの隣で、興味津々に見学している。

「閣下、何をしているんですか？」

「指輪の効果を調べている。《守護》と《幸福》は解析できたが、残りが難しいな」

「お守りでしたら、《防災》は？」

「それも考えたが、違った。《守護》にかぶるのでは？」

「それもそうですね。では、愛情関係はどうでしょう？」

「悪くない。結婚指輪と仮定して、《家内安全》も試してみよう」

二人で意見を出し合っていると、なんだか楽しい。

アーヴィンは特にこだわりなく、エリーの意見を取り入れてくれる。頭ごなしに否定したり、ののしったりはしない。仕事に慣れていないエリーが失敗しても、理不尽に怒られた事もない。

もちろん、手を上げられた事も一度もない。

アーヴィンのそばで仕事をするのが、エリーのひそかな楽しみになっていた。

（できるなら、ずっとここにいたいなぁ……）

「エリー、どうした？」

「あ」

いつの間にか、アーヴィンの顔を見つめてしまった。慌てて首を振り、謝罪する。

「なんでもないです。すみません」

「構わない。ただ、君に見られると、時々妙な気持ちになる」

「妙な気持ち？」

「うまく説明できない。サイラスには一度も感じたことのない感情だ」

「それは……なんでしょうね？」

「不明だ」

「不明ですか……」

彼に分からないものが、エリーに分かるはずはない。

それで話は終わりだったが、アーヴィンは続けて口にした。

「その妙な感じが、私は嫌いではないらしい」

「な、なるほど？」

「だからこれからも見てくれて構わない。私もよく君を見るが、その時も同じ気持ちになる」

「なるほど……え、閣下も見てるんですか？　私を？　なんで？」

「不明だ」

「不明ですか……」

お手上げだ。

「だが、心地いい。むしろ見つめていてほしい。私も見つめようと思う」

彼は真顔でそう言った。……ものすごい至近距離で。

「近い近い近いです」

両手で押しのけると、しぶしぶ退く。

なぜこの人はこんなにも近づくのか。そして語弊。語弊に次ぐ語弊。ついでに行動弊。

「さあ、残りの解析をしよう」

「そ、そうですね」

赤くなった顔に気づかれないように、ぺちぺちと頬を叩く。

作業はその日、遅くまで続いた。

最近閣下の様子がおかしい。

魔石に魔力を込めながら、エリーは考え込んでいた。

この間の会話をした日から、アーヴィンの視線をものすごく感じる。

エリーに見られる事を、彼は心地いいと言っていた。

──むしろ見つめていてほしい、私も見つめようと思う、と。

（……だからって）

ちらりと目をやると、心得たように藍色の瞳がこちらを向く。特に表情は変わらないが、ものすごく見ている。瞬《まばた》きもせず、まっすぐに。

「あ……あの、閣下」

「なんだ」

「何か、私にご用でも……？」

「何もないが、どうした？」

それはあなたが見るからです。

……と言い出せるはずもなく、「いえなんでもないです」と目をそらす。アーヴィンはわずかに首をかしげ、「そうか」と頷いた。

そしてまた、エリーを見てくる。無言で見てくる。

（落ち着かない……！）

確かにエリーを見ると言ったが、ここまで見るとは言ってない。おまけに、エリーの視線を察したように、なぜかタイミングよく目が合う。もはや偶然とは思えない。

この間の会話のせいで、エリーの許可を取ったと判断したらしい。あれ以来、露骨に見つめられるようになった。それはそれで問題があるが、それ以上に、たいした会話もなく、ひたすら見続けられるのは居心地が悪い。その相手が極上の美形の場合は余計にだ。

あのとんでもなく綺麗な顔で、じいっと見つめられていると、たまに全力で逃げ出したくなる。

それなのに、その瞳に映る色は冷静で、限りなく平常通りだ。

（意味が分からない……）

考えたら負けだと思っているが、誰か答えを教えてほしい。

「……君は」

ふとアーヴィンが口を開いた。

「いつか、あの店に戻るのだろうか」

「え？」

「魔力付与に問題がなくなった以上、君は自由だ。君の姉が改心し、謝罪をしたら、仕事復帰への支障はなくなる。そうしたら、君は元の家に戻ることができる」

そうだろう、と言われ、エリーは目を瞬いた。

「それはそうです、けど……」

でも、帰りたいかと言われたら話は別だ。

そもそも、姉が謝るはずはないし、自分の非を認めるはずもない。可能性は皆無に近いだろう。

だがアーヴィンはそう思っていないらしく、無言で首を横に振った。

「私は勧めない。ただ、君の気持ちを無視して、強制することもしたくない」

「閣下……」

「前に一度、聞いた。だが、もう一度聞きたい」

君の口から、君の言葉で。

静かな声は、凪《な》いだ夜の湖のようだった。

瞳の色とも相まって、どきりとするほど魅力的だ。ここ最近、ますますその美貌に磨きがかかっているように見える。それとも、エリーの気のせいだろうか。

「……私は……」

以前、「戻りたいか」と聞かれた時、エリーは首を横に振った。

それが精いっぱいの抵抗だったが、あの時とは違う。

冠への魔力付与を成功させた時と同じだ。アーヴィンのそばにいると、なんだか気持ちが楽になる。肩の力が抜け、緊張がほぐれて、こわばっていた心が解けていく。

それは静かな瞳のせいかもしれない。言いたい事を呑《の》み込まず、口に出せるよう促してくれる。言葉で、態度で、目の動きで。

一度伏せていた目を上げ、エリーは「閣下」と口を開いた。

「私は、あの店に戻る気はありません」

「それから、お姉さまの元に戻る気もありません」

「……そうか」

「……そうか」

「自由だと言うなら、ずっとここにいたいです。それが私の気持ちです」

「そうか……」

それを聞き、アーヴィンは小さく頷いた。

「いつまでもいるといい。心から歓迎する」

「……はい！」

満面の笑みで頷くと、アーヴィンも目元を和らげた。

「では、指輪の解析の続きを始めよう。先ほどの魔石を使うのだったな」

「宝石の色に合わせた魔力を試してみたくて。魔石にどういう反応が出るか、詳しく調べてみたいです」

「いい目の付けどころだ。手伝おう」

寄り添う距離が、以前よりもわずかに近づいている。

だが、どちらもその事には気づかなかった。


ようやく指輪の解析が終わったのは、冠の調査がそろそろ終了するころだった。

「思ったよりも時間がかかったな。だが、収穫はあった」

「そうですね……。古い時代の魔導具、すごいです……」

アーヴィンのかすれた呟きに、エリーの吐息が重なる。

二人とも疲れた顔だが、その表情は充実している。

最初は少しだけのつもりだったが、あと少し、あと少しと延長して、解析が佳境を迎えるころには二人して離れに泊まり込んでいた。うっかり毛布まで持参してしまった。

今まで知らなかった事だが、アーヴィンだけでなく、エリーにも仕事中毒の気があったらしい。

「俺がちょっと忙しくしている間に、どういうことになってるの？」

現れたサイラスが呆れたような顔で呟く。

「すみません、つい……」

「二人して重なって寝てるのを見た時は、いきなり段階飛ばしすぎじゃない？　とは思ったけどさ。まさか仮眠中だったとは」

「仮眠ではない。うっかり本気で寝てしまった」

「あ、私もです。解析が終わったのでほっとして」

ほのぼのと頷き合う二人を見つつ、サイラスが遠い目になる。

「もうね俺……馬に蹴られるのはやめとこうと思うんだよ」

「何がですか？」

「うん、まあ、そうだよね。エリーの方はそうだよね……」

「何がだ、サイラス」

「こっちもそうですよね……って、えぇ……閣下は分かってないと困るんですけど……」

どっちも分かってないのかと、なぜだかため息をつかれてしまう。

「まあいいです。冠の方は、明日王宮に届けるんですよね？　今日のご予定は？」

「保管に当たっての注意がある。一度出向いて確認する」

やや乱れた髪をかき上げ、アーヴィンがけだるげに息を吐く。寝起きのせいか、前髪が普段よりも乱れている。その姿がやたらと色っぽい。

「そうだ、エリー。これを」

ふと気づいたように彼は指輪を差し出した。

「長く借りていてすまなかった。君に返す」

「あ、ありがとうございます……」

手を出したが載せられず、エリーは不思議そうな顔になった。

どうしたのかと思い、アーヴィンの顔を見る。

「私が嵌める」

そう言うと、差し出していた手ではなく、わざわざ逆の手を取って嵌められる。彼が選んだのは、今度も左手の薬指だった。

「えっこれで本当に分かってないのこの人……?」

「何がだ、サイラス」

「あ……ありがとうございます、閣下」

二度目ともなれば耐性はついたが、それでも少し気恥ずかしい。もじもじするエリーを見て、サイラスがなぜか「これだよ、これ…!」と感激していた。

「二人とも情緒が死滅してるのかと思った。ああよかった」

「よく分からないが、何か失礼なことを言っているのは理解した」

「情緒が死滅……」

二人の反応をそれぞれ観察したサイラスが、やれやれと言いたげに肩をすくめる。

「まあいいや。それじゃ、俺も今日は出かけますんで」

そう言うと、彼はひらりと片手を上げた。よく見れば、サイラスが着ているのは外出着だった。

「え、サイラス様も今日はいらっしゃらないんですか？」

「そうなんですよ、残念ながら。ちょっと聞き逃せない情報が入ったもんでね」

夕方までには帰るから、と宣言される。

サイラスはこのところ忙しく、屋敷に戻らない日が続いている。エリーは心配していたが、大事な仕事があるらしい。アーヴィンは事情を知っているようで、「気をつけるように」と忠告した。

「分かってますって。ちゃんとお仕事してきますよ」

「たまには休んでくださいね、サイラス様」

「ありがとうエリー。俺、君のためだけに頑張るよ」

アーヴィンの従者とは思えないようなセリフを吐き、サイラスは軽やかに行ってしまった。

主も咎めないので、このくらいの軽口は許容範囲のようだ。彼は割と心が広い。

最初ははらはらしていたが、彼らにとっては日常会話だと理解してからは、あまり気にしないようにしている。

ちなみに、サイラスは非常に優秀で、敵に回すと怖いらしい。とてもそうは思えないのだけれど、本当だろうか。

それはともかく、エリーは改めて指輪を見つめた。

詳しく調べたところ、これは結婚指輪ではなく、恋人からの贈り物らしいという事だった。

指輪に付与されていた魔法は合計八つ。このサイズからすると、信じられないほど高度な技術だ。

《守護》、《幸福》、《愛情》、《永遠》、《喜び》、《希望》、《誓い》、《純潔》。

ひとつの魔法に対し、次々に魔力が連動する仕組みで、石の配列だけ見ていては分からなかった。

すでに効力は切れているらしいが、エリーが新たに魔力付与した事によってよみがえった。

エリーの好みに合わせて、好きな付与をする事もできるそうだ。

とはいえ、書き換えには膨大な魔力が必要なので、今のところは考えていない。

また、他人のために贈られた品を再利用するのも気が引けて、なんとなく愛でるだけにしている。

「君が新たな主人だな。この指輪は生涯使える。大切にするといい」

「は、はい……」

本当にいいのだろうかと思ったが、とりあえず頷く。

その様子を見ていたアーヴィンは、なぜかエリーのおでこに顔を寄せ、軽くキスして離れていった。あまりにも自然だったため、突っ込む暇もなかった。

「では、私も行ってくる」

そう言うと、さっと身をひるがえす。

照れているわけではない証拠に、その足取りはいつも通りだった。

「……な……」

おでこを押さえたまま、エリーはその場から動けなかった。


アーヴィンも出かけてしまうと、エリーは束の間ぼんやりした。

こんなに何もしなくていい日は久々だ。

ジャクリーンにこき使われていた時は、常に頭の隅がぼうっとしていた。そのくせ、怒られないかとびくびくして、いつも何かしら気を張っていた気がする。

ジャクリーンの怒鳴り声は怖かったし、殴られるのも怖かった。仕事に失敗して魔力を流された日は、痛くて眠れないほどだった。

今は魔力も元に戻り、以前の仕事も容易にこなせるくらい回復している。――けれど。

あの日に戻れと言われても、とても無理だ。

（全部、閣下のおかげだなぁ……）

もちろん、サイラスもだ。

あの日、彼らに拾われなかったら、自分はとっくに野垂れ死にしていただろう。

それだけでなく、ぼろぼろの体を治療して、あれこれ世話を焼いてくれた。おまけに、ここにいてもいいと言ってくれた。日常生活も含め、本当に良くしてくれている。

おいしい食事、清潔な衣服、ふかふかの寝床。どれもあの家では手に入らなかったものだ。

そして――限りない安心と。

アーヴィンは変わっているが、決して嫌な人ではない。

最初はその発言にドン引きしたが、理由が分かれば怖くない。実際、彼に悪気がない事は、早い段階で分かっていた。

あの時も今も、彼は何も変わっていない。

いつもエリーの言葉を聞き、さりげなく手を貸してくれ、エリーのために動いてくれる。たまに語弊もあるけれど――たまにじゃないかもしれないけれど――それでも、エリーが嫌がる事はしない。

静かにこちらを見る瞳。エリーの名を呼ぶ低い声。自分と違う大きな手。

爪は魔導具を扱うために短く、新たな発見があると目が輝いた。無表情なのに、なぜだか感情が分かりやすい。そんな姿がおかしかった。

彼の事を思い出すと、なぜだか胸がきゅっとする。

この感情はなんだろう。

（私、閣下のことを思うと……なんだか）

なんだか――……。

カタン、と物音がしたのはその時だった。

（誰……？）

アーヴィンかサイラスが戻ってきたのだろうか。

そう思ったのは束の間だった。


「――あぁら、いいところで暮らしてたみたいじゃない」

その声に、エリーは弾かれたように振り向いた。

「小綺麗な格好してたから、見間違えちゃったわよ。でも、やっぱり冴えないあんたが何を着たって、全然似合わないのねぇ。みっともなくて笑っちゃう」

華やかな中に棘《とげ》を隠した、高慢な声。

嘲《あざけ》るような、毒のある響き。

まさか、という声が喉から漏れる。

「しょうがないから、あたしが脱がせてあげましょうか？」

ふふ、と笑う声に、エリーの背中を汗が流れた。

まさか、まさか――まさか。

（なんで……ここに……？）

「見つけたわよ、エリー」

姉のジャクリーンが、離れの入り口に立っていた。

第九章　姉、暴れる

逃げなきゃ。

最初に思ったのはその事だった。

だが、わずかに足がすくんだ瞬間、ジャクリーンに腕をつかまれた。

「きゃっ……」

「とっくに死んでると思ったけど、運が良かったわ。さあ行くわよ、エリー」

「い、行くって、どこに？」

「決まってるでしょ、伯爵のところによ。あんたがいればうまくいくわ。死にかけのあんたでも、少しくらい魔力は残ってるでしょ？　それなら、最後の役には立つはずよ」

「何言って……痛っ」

バシッと頬を張られる。その勢いに負け、エリーは床に倒れ込んだ。

「いいから来なさい。つべこべ言わずにあたしの言う通りにすればいいのよ、この愚図が！」

「やっ……」

腕を引かれたが、エリーは必死に抵抗した。倒れたせいでずるずると引きずられたが、机の脚にしがみついて、懸命に拒否する。苛立ったジャクリーンに横腹を蹴られたが、それでもエリーは抵抗した。

(嫌だ)

このまま連れ去られたら、あの生活に逆戻りだ。

力の限りにしがみつき、爪を立てて引きずられまいとする。さぞや間抜けな格好だろうが、そんな事を気にしてはいられない。

だが、そんな様子を見下ろしたジャクリーンは低く言った。

「あんた、あたしに逆らうの?」

「‼」

反射的にエリーの身がこわばる。

姉に逆らったらどうなるかは、自分が一番よく知っている。

みっともなく震え出したエリーに、ジャクリーンは満足そうに微笑んだ。

「またあんな目に遭いたくなかったら、あたしの言うことを聞きなさい。いいわね、これは命令よ」

「なんで……そんな……」

自分を捨てたのは姉の方だ。

二度と関わるなと言っておいて、これはどういう事なのか。

蒼白な顔で見上げるエリーに、ジャクリーンは小さく舌打ちした。

「あんたのせいよ」

「え？」

「あんたの魔力付与のせいで、あたしが認められなかったのよ。あんたが余計なことをしたから、あたしの計画が台無しよ！」

「な、何言って、お姉さま……」

「お姉さまなんて呼ぶんじゃないわよ！」

ふたたび頬を張られたが、今度は倒れずに済んだ。

紫の目に怒りの色を燃え上がらせ、ジャクリーンが吐き捨てる。

「伯爵が気に入ったのは、あんたの魔力付与だったのよ。いいえ、伯爵だけじゃない。アランもよ。あんたの魔力付与に惚れ込んで、あたしと結婚しようとしたの。あの二人が思うような仕事ができないと、あたしがとっても困るのよ」

「私の……何が？」

「言っとくけど、あたしにだってそれくらいできたわ。だけどね、あの二人はそれじゃ満足しないの。はっきりそう言われたのよ。だから、あんたを捜したの」

ジャクリーンの目は爛々《らんらん》と輝き、異様なほどぎらぎらしていた。

そういえば、いつもなら魔力を流し込むはずなのに、どうしたのだろう。

よく見ればジャクリーンの髪はぱさついて、白い肌もくすんでいた。

（魔力が……足りていない？）

目の下には薄く隈《くま》が浮いている。あの家で暮らしていた時には一度もなかった光景だ。

よく見ればドレスにもしわが寄り、野暮ったくなっている。レースひとつにさえ気を配って
いたジャクリーンからは考えられない姿だった。

「あんたのせいで、ずいぶん魔力を消費したわ。もう限界。あんたの魔力を搾り取って、全部
使わせてもらうから。そうじゃないと、あんな無茶な注文こなせない」

「お姉さま……何を」

「残りの魔力、全部あたしがもらってあげる。死ぬのが少し早くなるだろうけど、それはしょ
うがないわよね。だって、あんたが悪いんだから」

「お姉さま……」

「あんたはあたしのために生きて、そして死ぬの。今さら逃げられると思わないで」

そこでジャクリーンはふふ、と笑った。

「それにしても、本当にツイてたわ。追跡魔法の効果が切れていなくて。体に刻んだ方は消え
てるけど、持ち物には残ってたみたいね」

「持ち物……？」

そこでエリーは思い出した。

エリーを拾ってくれた際、散らばっていた荷物も運び込んでくれたと言っていた。

　ジャクリーンが捨てたドレスが大半だったが、中にはエリーの私物も交じっていた。あれに追跡魔法がかかっていたのか。捨てるのは忍びなかったのと、いずれ公爵家を出ていく時に売って足しにしようと思っていたため、今も保管されている。

　捨てておけばよかったと思ったが、後の祭りだ。同時に、ジャクリーンがなぜいつも自分の家出を阻止できたのか、その理由が分かった気がした。

「それにしても、なあに、ここ？　工房なの？」

　ジャクリーンが作業場の中を見回す。

　その口調からすると、ここが公爵家の別邸だとは知らないようだ。

　気づかれる前に出ていってもらおうと、エリーがもがく。

「おとなしくしなさい。ずいぶん高そうなものが交じってるけど……あれ、魔石よね。ものすごく大きいわ」

「あ、あれはっ……！」

「伯爵のコレクションにも引けを取らないわ。いえ、もっとすごいかも。ふうん、お金持ちなのね」

　ジャクリーンの目に光が灯る。

　あ、まずいと思う間もなく、彼女が何かを見つけ出した。

「あら、あれは何？」

「‼」

よりにもよって、ジャクリーンが目をつけたのは『王者の冠』が保管されている一角だった。

慌ててエリーが引き留める。

「駄目です、あれは！」

「離しなさい、この愚図」

「あれは、危険なものなので……！」

「うるさい！」

しがみつくエリーを振り払い、ジャクリーンは魔力を流し込んだ。ビリッ‼　という刺激を覚悟したのは束の間、魔力は痛みに変わる前に消えていく。

（……え……？）

全然、痛くない。

「何よ、あんた……⁉」

ジャクリーンも驚きに目を見張っている。美しい瞳が怒りに燃え、赤い唇が醜くゆがんだ。

「生意気ね！　痛がりなさいよ！」

ふたたび魔力を込められたが、やはり痛くもかゆくもない。魔力不足かと思ったが、そういうわけでもないようだ。いつもほどではないが、ジャクリーンの魔力はほとばしっている。バチバチという音が聞こえるほど。

それなのに、痛くない。

（どうして……？）

理由はすぐに判明した。

つかまれている手の逆、左の薬指に光る指輪。

ほのかな輝きを浮かべながら、指輪がジャクリーンの魔力を吸収している。

（これって……！）

おそらく《守護》が働いている。

それに気づくと、エリーは反射的に手を引いた。後ろ手に回して指輪を守ろうとする。案の定、ジャクリーンがそれに目を留める。

「何を隠してるの！　出しなさい！」

「嫌……っ」

エリーが身につけている装飾品はこれひとつだ。遅かれ早かれ見つかってしまう。その前に と、せめて背後に隠してかばう。

これはアーヴィンがくれたものだ。一度ならず二度までも、手ずからエリーに嵌めてくれた。

深い意味などないのは分かっている。

けれど、エリーはあの時、心が温かくなったのだ。

嬉しい。

あの時の気持ちを大切にしたい。

だから守りたい。どんなものからも。

たとえそれが、世界で一番恐ろしい姉からでも。

「これは、私がいただいたものです……！」

「いいからよこしなさいよ、よこせったら！」

「嫌です！」

姉に逆らったのは初めてだった。

揉《も》み合う形になり、引っぱたかれて倒れ込む。殴られ、蹴られ、どんなに痛めつけられても、
エリーは指輪を手放さなかった。

床にうずくまったまま、丸くなって守る。

(絶対に、渡すのは嫌……！)

「このっ……！」

ジャクリーンが振り上げた手が、棚の一角を薙《な》ぎ払った。ばらばらと魔導具が落ちてくる。

どれもエリーが魔力付与した品だ。

その中のひとつを手に取ると、ジャクリーンは目を細めた。

「……この魔力付与したの、あんたね？」

「‼」

「死にかけだと思ったら、まだ使い道があるんじゃない。やっぱりあたしを騙《だま》してたのね」

「騙してなんか……」

「使えると知ってたら、もっと搾り取ってやったのに。許さないわ」

あんまりな言葉に、エリーは唖然として姉を見つめた。

魔力枯渇ではないにせよ、重度の魔力欠乏を起こしていたのは事実だ。あと少し遅かったら、命の危険があったとも言われていた。ジャクリーンもそれは知っていたはずだ。

それを承知で自分を捨て、あまつさえ利用できると分かったら、最後まで食い物にしようとする。

こんなのは姉じゃない。

姉どころか、人でさえない。

（ひどい……）

呆然と見上げた姉の顔が、見知らぬ他人のように見えた。

「もういいわ。本当ならやりたくなかったけど、仕方ないわね」

そう言うと、ジャクリーンは何やら呪文《じゅもん》を唱え始めた。

（何……？）

不思議に思う間もなく、がくん、と足から力が抜けた。

「!?」

体の自由が利かなくなり、手足に力が入らない。慌てて立ち上がろうとしたものの、エリーは床へとへたり込んだ。

(何、これ……どういうこと？)

どんなに頑張っても、力の抜けた手足は動かない。焦れば焦るほど、どんどん力が抜けていく。

そんな様子を見ていたジャクリーンが、ふふっと甘い声で笑った。

「伯爵のコレクションにあった魔導具よ。人を言いなりに操ることができるわ。何度も使えないのが難点だけど、少しの間なら十分よ」

ジャクリーンの首には黒いペンダントがかかっていた。それをかざし、「指輪を渡しなさい」と命じる。

「い、や……」

「聞こえなかったの？　指輪を渡して、あたしに逆らわないと誓いなさい」

エリーはぎくしゃくと首を振った。けれど、体がうまく動かない。

エリーの右手が指輪を外し、ジャクリーンに差し出そうとしている。

(嫌……!!)

必死に抗《あらが》い、右手に力を込める。

そのたびに押し潰されるような重圧がのしかかり、指先から力が抜けていく。それでも歯を食いしばり、ふたたび力を込める。嫌だ、渡したくない、絶対に。

エリーの抵抗に業を煮やしたのか、ジャクリーンが叫んだ。

「命令よ！　言うことを聞きなさい！」

「――――っ‼」

その瞬間、雷に打たれたような衝撃が走った。

全身から力が抜け落ちていく。自分の意志とは裏腹に、震える指がジャクリーンの手に指輪を載せた。

かすむ視線の先で、石のひとつが濁っているのが見えた。おそらく《守護》が切れたのだ。

これでもう、身を守るものはない。

どんなに抗っても、ペンダントが持つ魔力には逆らえなかった。

（これが、魔導具の力……）

朦朧《もうろう》とする意識の中でエリーは思った。

この部屋に古代魔導具がある事を知られてはならない。絶対に。

ジャクリーンが気づいたら、間違いなく奪われる。

ただの魔導具でさえこうなのだ。強大な力を持つ古代魔導具が彼女の手に渡ったら、一体どんな事になるか。そしてその時ジャクリーンの一番近くにいるのは、エリーを除けばこの屋敷の住人だけ。

（閣下、サイラス様）

あの二人を巻き込む事だけは避けなければ。

今のエリーに彼女を止める術はない。何かあっても、助けてくれる人はいない。魔力のない人は言うまでもなく、魔力持ちのアーヴィンでさえ、古代魔導具を手にしたジャクリーンを止められるかは分からない。

絶対にジャクリーンに知られてはならない。

もしそうなったら――途方もなく危険だ。

「さあ、次は服従すると誓いなさい」

「……っ」

エリーはふるふると首を振った。ペンダントを握りしめ、ジャクリーンが舌打ちする。

「やっぱり長い時間は駄目ね、使えない」

でもいいわ、と指輪を嵌める。エリーから奪った大切な品を。

「あたしに逆らった罰として、しばらくは食事抜きよ。それからあたしの命じる魔力付与をしてもらうわ。当分は寝る時間なんてないと思いなさい」

「……っ、そんな、こと」

「まずはその生意気な口からしつける必要があるみたいね」

そう言うと、ジャクリーンが魔力を流し込む。

「‼」

覚えのある痛みが流れ込んできたが、気を失うほどではない。涙目で見上げると、ジャクリーンは舌打ちした。

「今は魔力が足りないみたいね。見てらっしゃい、すぐに回復してみせるから。そうしたら、たっぷりお仕置きしてあげるわ」

そう言うと、エリーを乱暴に突き放す。

そのまま出ていくのかと思ったが、ジャクリーンはあちこち見回している。物色、という方が近いかもしれない。嫌な予感を覚えてエリーは聞いた。

「お姉さま、何を……」

「決まってるでしょ。金目の物をいただくのよ。使えそうな魔導具でもいいわね。あたしが魔力付与したことにすれば、伯爵だって見直すわ」

「これは閣下のものです、そんなことは……！」

「閣下？　なあに、それ」

ジャクリーンが馬鹿にしたように眉を上げる。

別邸のせいか、貴族とも思っていないようだ。

確かに一見すると分かりにくいが、家の造りが明らかに違う。平民には許されない装飾が施されているし、目立たない場所に家紋もあるのだ。本当に目立たないので、誰も見つけられないのだが。

それでもここにあるものはすべてアーヴィンの持ち物であり、公爵家の財産だ。

絶対にやめさせなければと、エリーはふらつく足で立ち上がった。

「ここにあるものは、ひとつだって渡しません。閣下のものは閣下のものです。お姉さまのものじゃない……！」

「あんた、誰に口を利いて……」

「お姉さまが必要なのは私でしょう。ここには手を出さないでください！」

百歩譲って自分はいい。あの時拾われなかったら、魔力枯渇を起こして手遅れになっていた。

ジャクリーンに見つかったのも、不運だがしょうがない。これは自分の問題だから。

けれど、アーヴィンやサイラスに迷惑がかかるなら、なんとしてでも阻止しないと。

それがエリーなりのけじめだった。

（この場所にお姉さまを招き入れてしまったのは、私のせい……）

エリーの持ち物をたどってきたのだ。もっと注意深ければ避けられた。

だったら、その責任を取らなければ。

ジャクリーンの手をつかみ、エリーは出口へと引っ張った。振り払われそうになったが、必死になってしがみつく。

ここで引き下がるわけにはいかない。

放っておけば、ジャクリーンが何をするか分からない。魔導具の窃盗に留まらず、作業場の破壊、魔石の強奪、果ては屋敷の侵入まで。

この屋敷には通いの使用人が来ている。彼らに何かあったら、取り返しのつかない事になる。

（私が、止めないと……）

だが、力の差は明らかだった。

苛立ったジャクリーンが魔力を込め、容赦なく振り払う。あっけなく吹き飛んだ体が、背後の壁に叩きつけられた。

「――本っ当に、腹が立つわね……」

怒りを押し殺したような声がした。

「あたしに逆らった上に、そんな口を利くなんて。ずいぶん偉くなったもんじゃない、無能の落ちこぼれが」

「お、姉さ、ま……」

「心配しなくても、あんたは二度と逃がさない。鎖でつないで、死ぬまで飼い殺しにしてあげるわ。ああそうね、ここの窃盗もあんたが犯人ってことにすればいいじゃない？」

いい考えだわ、と薄く笑う。ジャクリーンが本気なのは、その顔を見れば明らかだった。

「この部屋で一番価値のあるものはどれ？　答えなさい」

「……っ」

エリーはぶんぶんと首を振った。

「まあいいわ。答えたくないなら、適当に持っていけばいいもの。あたし、そういうのを見分ける目はあるのよね」

そう言うと、勝手にその辺のものを物色し出す。止めようとしたが振り払われ、ふたたび魔力を流し込まれた。

「あぁ……っ！」

「おとなしくしてなさい、愚図が」

魔石や魔導具、宝石など、値の張るものを次々に選び抜いていく。ジャクリーンの目利きは確かなようで、すぐに袋いっぱいの量が集まった。

「そうそう、あれも気になってたのよね」

ジャクリーンが目をやった方角を見て、エリーははっとした。

「あそこだけ、異様に魔力の気配が強いじゃない？　あれだけは見逃せないわ」

「駄目です、あれは……っ」

「うるさい、離しなさいよ！」

ドカッと蹴られ、ふたたび「動くな」と命じられる。まだ効果が残っていたのか、エリーの足がもつれて転んだ。

「へぇ……綺麗。冠じゃない」

「やめてください、お姉さま！」

「それに、すごい魔力を感じるわ。普通の魔導具じゃないようね。まさか……古代魔導具？」

はっとエリーが息を呑んだ。

「すごいわ。触ってるだけで分かる。なんて素晴らしいの……。まるで女神の冠だわ」

奇しくもそれは『王者の冠』と名付けられている。ある意味、ジャクリーンの目は本物だと言えるのかもしれない。

だがそれも、まっとうな目的の場合はだ。

（あれを奪われたら……！）

かぶった者に莫大な魔力を授ける古代魔導具。

そんなものがジャクリーンの手に渡ったら、取り返しのつかない事になる。

エリーは考える間もなく飛び出した。揉み合いになり、ジャクリーンの爪が頬を傷つける。

チリッとした痛みが走ったが、そんな事は気にならなかった。

冠を守ろうと、エリーが懸命に手を伸ばす。

だが、ほんのわずか遅かった。

エリーを押しのけたジャクリーンが、冠を無理やりかぶったのだ。黒い魔石がきらめき、魔力の渦巻《うずま》く気配がする。

そしてジャクリーンは高らかに叫んだ。

「これは、あたしのものよ！」

その瞬間だった。

冠から魔力がほとばしり、ジャクリーンの体へと満ちあふれた。

見る間にジャクリーンの髪が輝きを取り戻し、肌はつややかに潤《うるお》って、瞳にきらめきが満ちていく。エリーを無理やり働かせていた時、いつも見ていたジャクリーンの姿だ。

「すごいわ……。魔力があふれてくる」

ジャクリーンが目を輝かせる。

「返してっ……！」

手を伸ばしたエリーに、ジャクリーンはわずらわしげな目を向けた。

彼女がつい、と指を振ると、エリーの体が吹っ飛んだ。

壁際の棚に叩きつけられ、ふたたび魔力で引きずられる。右腕を吊られるような格好で、エリーは宙に持ち上げられた。

「すごい力だわ。なんて素晴らしい魔力なの」

「お、ねえさま……」

「お姉さまと呼ぶなって言ってるでしょ、愚図が」

ねえ、とジャクリーンが囁いた。

「伯爵もアランも、あたしのことを疑ってるの。このままだと、あたしが魔力付与していなかったことがばれちゃうわ。それはとっても困るのよ」

「私、言いませ……」

「そうね。あんたはそういう子だわ。だけどね、もしも喋《しゃべ》られたらまずいじゃない？」

だからね、とエリーを拘束する魔力に力がこもる。

「見つかる前に、どうにかしようと思うのよ」

「え……？」

「幸い、ここには誰もいないわ。あんたひとりがいなくなっても、捜してくれる人はいない」

「お姉さま、何を……」

「天才付与師はあたしだけでいいの。あんたは邪魔なのよ、エリー」

バチっと火花が散る音がした。

ジャクリーンが指先に魔力を込める。

そして、すさまじい魔力が炸裂した。

第十章　その身に返る

目の前で起こっている事が、エリーは理解できなかった。

え。

何。

これは、一体。

「きゃあああぁっ‼　うあぁぁぁあっ、ぎゃああああああっ‼」

叫び声を上げているのはジャクリーンだった。

胸をかきむしり、ドレスを振り乱して、のたうち回って暴れている。

その目は血走り、ほとんど錯乱状態だ。

不思議な事に、どれだけ暴れても冠は外れない。必死にもがいているものの、貼りついたようにジャクリーンの頭から離れない。まるで、何か巨大な力が働いて、冠を上から押さえつけているようだ。

エリーを拘束していた魔力が解け、床の上に落とされた。なんとか転ばずに着地すると、吊られていた手をさする。

何が起こっているか分からず、エリーは呆然とそれを見つめた。

「――当たり前だろう」

その時、背後で声がした。

振り向くより早く、長身の人影が現れた。

「古代魔導具を使用するには、相応の魔力が必要だ。子供でも知っていることだろう」

「閣下……」

立っていたのはアーヴィンだった。

よそ行きのコートを身にまとい、いつもより上等な服を着ている。エリーの全身をざっと見回し、彼はわずかに眉を寄せた。

「……足りなかったか」

「え？」

「いや、なんでもない」

ふいと目をそらし、ジャクリーンに視線を向ける。その目は冷ややかで、エリーが一度も見た事のないものだった。

「そんなことも分からず、古代魔導具に手を出すとは。無謀にもほどがある」

エリーをかばうように立ちふさがり、アーヴィンが淡々と言葉を紡《つむ》ぐ。

通常の魔導具と違い、古代魔導具は使用者の魔力を吸って動く。

魔力付与が切れれば、通常の魔導具は動かなくなる。だが、古代魔導具は違う。付与した魔力が切れた場合、使用者の魔力を奪って動かすのだ。本人の意思にかかわらず。

そして古代魔導具の力が強ければ強いほど、奪う魔力量も多くなる。

「助けて、助けてよっ！　なんとかしてっ！」

「無理だ。君は魔力欠乏を起こしている。やがて魔力枯渇となるだろう。そうなれば手遅れだ。助からない」

「そんなの嫌よ、助けてよっ‼」

ジャクリーンは髪を振り乱し、必死の形相を浮かべていた。白い指先をエリーに伸ばし、哀れっぽく訴える。

「エリー、もう二度とこんなことしないわ。約束する。だからどうか、お願いよ！」

「お姉さま……」

「今までのことも悪かったわ。本当よ。許してちょうだい！」

「お姉さま……ですが」

「嘘じゃないわ、約束する！　本当に反省してるの。悪かったと思ってるわ。ひどいこともいっぱいしたけど、あたし、あたし……本当に」

そこでジャクリーンは言葉を切った。指先がかすかに震えている。普段の姉なら絶対に見せないはずの弱い姿。

ここ数年は見た事がない姉の様子に、思わずエリーは口を開いた。

「お姉さま……本当に？」

「もちろんよ。助けてくれたら、二度とあんたには関わらない。お願いよ、エリー。あたしたち、血のつながった姉妹じゃない！」

ジャクリーンの目には涙があった。ぐらりとエリーの気持ちが揺れる。

「か、閣下……あの」

「賛成できない。君の姉は邪悪だ。ここで魔力を吸い尽くされた方がいいと思う」

「ですが……」

「君に何をしたかは調べがついている。一度同じ目に遭ってみるといい」

アーヴィンの声は揺るがなかった。ちらりと視線が向けられて、「自業自得だ」と告げる。

「ですが……ですが……苦しそうで」

ジャクリーンは重度の魔力欠乏を起こしていた。

このままだと、本当に魔力枯渇になる。

魔力欠乏の苦しさは知っている。それ以上の苦しみを与えられたあげくに死ぬなんて、いくらなんでも残酷すぎる。

「お願いします、閣下。せめて、症状を軽くするだけでも……」

「……ひとつだけ、方法はあるが」

エリーの懇願に負けたのか、アーヴィンが気乗りしない様子で言う。

「彼女が吸われている魔力を君が引き受けて、負担を軽くすればいい。だが、お勧めはできない。一歩間違えば、君が身代わりとなってしまう」

「身代わり……」

「君の魔力を吸い尽くし、冠の魔力だけを手に入れる。この方法なら可能だ。そして、一度負担を引き受ければ、簡単に投げ出すことはできない。彼女が何か企んでも、それを止める術はない」

「そんなことしないわ！」

ジャクリーンがわめき立てる。

「あたしはエリーを裏切らない。だって、たったひとりの妹だもの！」

「お姉さま……」

「約束するわ！　だから助けて、お願いよ！」

ジャクリーンは必死に手を伸ばした。アーヴィンが深々と息を吐く。

「……まず、指輪を外せ」

ジャクリーンは言われるまま指輪を外した。慌てていたせいか、カツンと指輪が床に落ちる。

それを拾い上げると、アーヴィンが改めてエリーに嵌める。

「君が裏切れば、エリーは死ぬ。それだけは言っておく」

「分かってるわ、そんなの」

「そうならないためにも、君は余計な真似をしないように。少しでも間違えば、エリーがすべてをその身に受ける。その代わり、君は莫大な魔力を手にするが……」

「そんなことしないわ、絶対に！」

きっぱりと言い切ったジャクリーンに、アーヴィンはもう一度息を吐いた。

「エリー、こちらへ」

「は、はい」

「くれぐれも無理はしないように」

方法は単純で、ジャクリーンの手を握り、吸い上げられる魔力を肩代わりすればいいだけだった。

魔導具や魔石がない分、ダイレクトに自分に跳ね返る。一歩間違えれば命がない、危険な行為だ。

簡単に説明すると、アーヴィンは少し離れた場所に立った。

「エリー……」

ジャクリーンが弱々しげにエリーを見つめる。

「大丈夫ですよ、お姉さま」

元気づけるように笑いかけ、エリーはそっと手を伸ばした。

「……っ！」

ジャクリーンに触れた瞬間、すさまじい勢いで魔力が吸い上げられるのが分かった。

魔力付与していた時とは明らかに違う。古代魔導具を「動かす」のが、これほどすさまじい負担になるとは思わなかった。

（一度手を離す？　だけど、そうしたらお姉さまが……）

駄目だ、それはできない。

必死に歯を食いしばり、なんとか耐える。ジャクリーンはぐったりしたように動かない。

「そろそろだ、エリー。手を離せ」

「は、はい」

その時だった。

力なくくずおれていたジャクリーンが、しっかりとエリーの手を握りしめた。

「お姉さま？」

「……これで、あたしは助かるのよね」

ひどく弱々しい声だった。

「はい、そうみたいです。でもあの、ちょっと、手が痛い……？」

「このまま手を握っていたらどうなるの？　離さないといけないの？」

しおらしく聞かれ、アーヴィンが淡々と返答する。

「エリーの魔力が限界まで吸い上げられ、命を落とす。逆に冠は器が満たされ、次に触れる人間が主人となる。先ほども言ったが、このままだと危険だ。手を離せ」

「分かったわ。つまり――」

そこでジャクリーンはにんまりと笑った。

「このまま手を握っていれば、この愚図に全部押しつけられるってわけね」

「え……!?」

言い終える間もなく、がっちりとエリーの手をつかむ。反射的に手を引っ込めようとしたが、ものすごい力でつかまれていて動けない。

「何をしている。気でも狂ったか」

「あたしは正気よ。この上なくね」

ジャクリーンがせせら笑う。

「やめておけ。その状態で魔力を使えば、エリーに逃れる術はない。すべての力を奪い取られ、死んでしまう」

「あらそう。それは都合がいいわ、処理の手間が省けるもの」

「お、お姉さま……!?」

「いいこと教えてくれて助かったわ、間抜けなお二人さん！　ほんっと、あんたってやっぱり愚図なのねえ！」

高らかに笑いながら、ジャクリーンがますます強く手を握った。

「全部押しつける方法まで教えてくれるなんて、なんて愚かなの。間抜けの知り合いは間抜けなのね、本当に！」

「お姉さま、何を……っ」

「決まってるでしょ。あんたの魔力を根こそぎ奪って、冠の力をいただくのよ」

ジャクリーンの目は欲望にぎらついていた。

「これだけの魔力があれば、なんだってできるわ。あんたなんかもういらない。騙される方が悪いのよ、エリー」

「やめて……嫌っ」

「もう遅いわ。さよなら、馬鹿な妹！」

ジャクリーンがエリーの手を握りしめ、一気に魔力を流し込む。

そして――。


――バチッと、指輪が白く発光した。


「え……？」

まばゆい光が部屋を満たし、一瞬目がくらむ。

思わず目を伏せたエリーの周囲で、光の粒子がきらきらと舞った。

「今のは……」

「念には念を入れておいた」

アーヴィンが事もなげに言い放つ。

「八つの付与のうち、ひとつだけ書き換えた。《純潔》の代わりに《反射》。悪しきものから身を守る。一応と思っていたが、役に立って良かった」

「閣下……」

「あれだけ懇切丁寧に説明したのを、おかしいと思わない方がどうかしている。うすうす思っていたが、君の姉はずる賢いわりに愚かだな」

「…………」

「だが、おかげで助かった。見事に引っかかってくれた」

上出来だ、とアーヴィンが頷く。

「君に何もしなければ、何の効果もない付与だった。だが、《反射》は鏡だ。受けた分を跳ね返す」

ジャクリーンがエリーに押しつけようとしたものが、そのまま彼女に跳ね返ったのだ。

見ると、ジャクリーンはその場に倒れ、完全に気を失っていた。

強く握りしめていた手も外れ、力なく横たわっている。

（た……）

助かった。

ほっとしたところで、今さら体が震えてくる。

へたり込みそうになったところを、アーヴィンが軽々と抱き留めた。

「大丈夫か、エリー」

「は、はい、すみませ……」

「これを教訓に、君はもっと人を疑うことを覚えた方がいい」

「そう、ですね……」

「だが、私は君のそういうところが嫌いではない」

「え……」

「君が悪いのではなく、君を騙す方が悪い。つまり君の姉が悪い。それだけだ」

目をやると、アーヴィンは静かな顔をしていた。

笑ってはいないが、怒ってもいない。その目の色が綺麗だなと、ぼんやり思った。

そっと手が伸びて、頬の傷に触れられる。

「痛むか」

「だ……大丈夫です」

「もっと気をつければよかった。すまなかった」

「閣下が悪いんじゃありません。あの……近い」

「君の体に傷をつけるとは。痛恨の極みだ」

アーヴィンがゆるやかに傷をなでると、痛みがすうっと消えていく。跡形もなく傷を治すと、アーヴィンはふたたび頬に触れた。その距離が近い。とても近い。

「あとは君の姉の処遇だが、すでに話は通してある。君は何も心配しなくていい」

「え、でも――」

「心配しなくとも、殺しはしない。それなら文句はないだろう？」

命は助けると言われ、エリーはほっとして頷いた。

「ありがとうございます、閣下」

「君の姉なのだから、仕方ない。多少の融通は利かせるつもりだ」

その言葉を告げる顔が近い。とにかく近い。

「閣下、距離感がおかしいです」

「問題ない。これは君に対してだけだ」

「え？　どうしてですか？」

「私にも分からない」

コツン、と額をぶつけられる。

「だが、悪い気分ではない。むしろ心が弾む感じだ」

「語弊……って、私も嫌ではないですが……」

でもこの距離で話されるとどきどきして、妙に落ち着かない気持ちになる。

間近で見たアーヴィンの顔は、いつもと変わらず整っている。

むしろ近いせいで余計にすごい。どこにも隙のない美貌だ。

その目が宿すのはエリーの顔と、瞬きにも似た魔力反応。

（綺麗……）

瞳の中に星が輝き、うっとりするほど美しい。

そういえば、エリーの目にも魔力反応があると言っていた。彼の目にも同じものが映っているのだろうか。

アーヴィンは相変わらず何も言わない。

じっと見つめ合い、どちらからともなく唇が近づく。

そして――。

「いやー、遅くなりました。あれ？　もう終わっちゃったんですか？」

唇が触れ合う直前で、のんきなサイラスの声がした。

第十一章　騒動の後で

そして、それから――。

あの騒動の後、気を失ったジャクリーンはサイラスに部屋から連れ出され、詳しく事情を聞かれる事になった。

別邸とはいえ、貴族の屋敷に侵入したのだ。本来なら厳罰を科されてもおかしくないが、エリーの身内という事で、事件は内々に収める事になった。

ただし、無罪放免というわけではない。

ジャクリーンの今後の処遇や、貴族への言い訳と根回しのあれこれ、煩雑《はんざつ》なやり取りの一切を含め、面倒な事についてはすべてサイラスに一任された。

曰く、「俺の方が適任だからね」という事だが、そうなのか。よく分からない。

ロドス伯爵家からも話を聞く事ができたが、彼女を連れ戻す気はないようだ。むしろ、騙されたこちらが被害者だと突っぱね、完全に無関係だと言い切った。結婚の話は、もちろん立ち消えとなったらしい。そもそも、正式な届け出もされていない話だ。

後ろ盾を失い、今まで魔力付与をしていたエリーを失ったジャクリーンには、これまでと同じ生活ができるはずもない。生活はぐっと苦しくなるだろう。

その過程で、ロドス伯爵家から改めてエリーと婚約したい、お抱え魔力付与師になってほしいという誘いが来たが、エリーは丁重に辞退した。直接の責任がないとはいえ、あの過酷な生活環境を生み出した原因は、間違いなく彼らの無茶な注文だ。

エリーが断るとは思ってもみなかったらしい。唖然とした後、大分食い下がられたが、アーヴィンが出てくると引っ込んだ。公爵家の地位は伯爵より高い。

ほっとしていると、「エリー」と名前を呼ばれた。

「君の両親に連絡がついたが、会いに行くか？」

「うーん、そうですね……」

正直、会おうと思えば会えたのだ。公爵家に引き取られてからも、その機会は何度かあった。そうしなかったのはエリーの意思だ。

両親について、思うところはないでもない。

あれだけ訴えたのに信じてくれず、ジャクリーンの言う事をうのみにして、自分を助けてくれなかった。ジャクリーンがよこす仕送りに目がくらんで、自分をあの家に置き去りにした。

何度も手紙を出したのに、望む返事が返ってきた事は一度もなかった。

家族としての情はあるが、会いたいかと言われれば返事は否だ。

「元気ならいいです。このまま離れて暮らしたいです」

「分かった、そうしよう」

「……でも……」

呟くと、アーヴィンが無言でこちらを見る。

あの家から出て、自分は少し強くなった。

今ならきっと、思っていた事を伝えられる。両親に声を届けられる。はっきりとは言えないけれど、そんな気がする。

だから。

「今は無理でも……いつか、会いに行けたらなと思います」

「……ああ」

それを聞き、アーヴィンがわずかに目を細めた。

「その時は付き合おう。どのみち、挨拶は必要だ」

「そうですね……え、挨拶？」

「なんでもない」

それで話は終わってしまい、エリーは首をかしげてしまった。

ジャクリーンからの仕送りがなくなれば、今までのように遊んで暮らす事はできないだろう。

でも、それは自分が考える事じゃない。

「……ところで、閣下」

「なんだ」

「少々……距離が近いです」

いつの間にか、アーヴィンがすぐ近くに来ていた。その距離が近い。果てしなく近い。

「問題ない。会話はできる」

「そういう問題じゃありません」

互いの瞳に宿る星の色まで判別できる距離に、エリーが両手を突っ張ってよける。

「いくらなんでも近すぎます。行動弊がひどいです」

「なんだそれは」

「語弊の行動版というか、誤解を招く行動という……近い近い近いです」

ずいっと顔を近づけられて、覚えのある香りが鼻腔をくすぐる。

胸がどきどきするような、落ち着かない感じ。

（そういえば、あの時……）

アーヴィンの顔が近づいてきて、思わず目を閉じてしまった。あれも行動弊の一種かもしれない。

サイラスの声がかからなかったら、一体どうなっていたのだろう。

「エリー、どうした？」

「いえ、なんでもないです」

思いがけずきっぱりと答えてしまい、アーヴィンが目を丸くする。

それからなぜか、少しだけおかしそうな顔で笑った。

◇◇◇

目を覚ますと、そこは知らない部屋だった。

簡素な机と椅子に、備えつけの本棚。ベッドのシーツはかび臭く、どことなくじめじめしている。

花瓶もあったが、中に花は飾っていない。それだけでなく、本棚にも本が二、三冊ある程度で、薄く埃《ほこり》が積もっている。明らかにくつろぐ場所として提供されている部屋ではない。

何よりも異質なのはその窓だった。

部屋の天井近くに明かり取りの小窓があり、わずかな光が差し込んでいる。だが、そこには頑丈な鉄格子が嵌まり、長い影を伸ばしていた。

（なんなのよ、ここ……）

ベッドに横たわったまま、ジャクリーンは眉を寄せた。

まるで罪人の部屋だ。自分にはふさわしくない。

おまけに、今の体調も最悪だった。

体のあちこちが痛く、ぎしぎしときしんでいる。

それだけでなく、体の内側にも妙な感じがある。そこはかとない不快感と、だるさにも似た感覚。

身を起こそうとして、両腕が縛られている事に気づく。それと同時に、気を失う直前の出来事を思い出した。

「あの、無能……」

ぎりっと歯を噛みしめて、ジャクリーンは忌々《いまいま》しげに吐き捨てた。

魔力で拘束を解こうと思ったが、うまくいかない。どうやら魔力封じの術を組み込んであるらしい。ちっと舌打ちし、まあいいわと考える。

どうやら先ほどの美貌の青年は、ジャクリーンの命を奪う気はないらしい。

おそらく、エリーが懇願したのだろう。あの愚図にしては上出来だ。それとも別の理由があるのか。

自分ほど美しく才能豊かな人間なら、殺すのはもったいない。普通の男ならそう思うはずだ。もしかすると、あの美貌の青年の判断かもしれない。

(どっちにしても、ラッキーだったわ)

殺されないのであれば、やりようはいくらでもある。

それにしても、どれだけきつく縛ったのか。無理に魔力を使ったせいか、妙に体がだるい。

「おや、目を覚ましたんですか」

扉が開いたのはその時だった。

「思ったよりも早かったですね。今日は目覚めないいんじゃないかと思ってましたよ」

「あんた……誰よ？」

立っていたのは、明るい茶色の髪をした青年だった。やや軽薄そうだが、人のよさそうな笑みを浮かべている。彼はサイラスと名乗り、恭《うやうや》しく礼をした。

先ほど見た美貌の青年には遠く及ばないが、この程度なら手玉にとれる。

一瞬でそう判断すると、ジャクリーンは急に弱々しい表情になった。

「ねえ、これ、外してくれない？　痛いのよ」

「申し訳ありませんが、それはできないんですよ。閣下のご命令です」

「もう逆らわないわよ。どうせ逃げられないんだろうし」

「そう言われましてもね……。お気の毒だとは思うんですが」

「じゃあ、せめて少しだけゆるめてくれない？　外れない程度で構わないから」

「ですが……」

「お願いよ、どうか」

うるうるした目で見つめると、彼は仕方ないという顔になる。

「……ほんとに逃げませんか？」

「約束するわ」

「ちょっとだけですよ」

しおらしく頷きながら、ジャクリーンは内心で舌を出した。

(やったわ)

彼は知らないのかもしれないが、魔力封じの術は、拘束がゆるんだ時点で綻《ほころ》びが生じる。

その隙をついて解除すれば一発だ。そうなればもう、ジャクリーンを縛るものはない。

まずはこの男を叩きのめし、人質として使おう。そしてエリーを連れ戻し、今度こそ死ぬまでこき使ってやる。

そうだ、奴隷にすればいい。確か隷属の術があったはずだ。二度と自分に逆らわないよう、魂に刻み込んでやる。

(そうだわ)

いっその事、この男も奴隷にしてしまおうか。

よく見れば悪くない顔をしているし、逃げ出す際にも人手がいる。手に入れておいて損はない。

その後で、ゆっくりエリーを奴隷にしてやる。

「そういえば、ご存じですか?」

そんな内心など知らず、青年がのんびりと話しかける。

「今のあなたは、エリーとつながっている状態だそうですよ。ですから、無茶はしない方がいい。エリーの体に負担がかかるとまずいですから」

「エリーとつながってる？　どういうこと？」

「一時的とはいえ、古代魔導具を共有した弊害だそうです。魔力の使えない今のあなたなら問題ないでしょうが、エリーも今、魔力が使えない状態なんですよ」

「なんですって？」

「ですから、本当に無理しないでください。閣下もあなたの命までは取らないと言っていましたし」

　青年の言葉を、ジャクリーンは半分も聞いていなかった。

（チャンスだわ）

　エリーが魔力を使えないなら、圧倒的に有利なのはジャクリーンの方だ。

　閉じ込められていても、魔力は狙った相手に届く。互いにつながっている状態ならなおさらだ。今現在、エリーの命を握っているのはジャクリーンといっても過言ではない。

　魔力を使って脅せば、エリーはジャクリーンの言いなりだ。魔力を吸い尽くされたエリーと違い、ジャクリーンの魔力は回復している。これを使わない手はない。

　それこそ、魂に呪文《スペル》を刻む事もできる。そうなればこちらのものだ。一生奴隷にして、使い潰してやる。

　手首の拘束がわずかにゆるむと、ジャクリーンは勢いよく立ち上がった。

「あっ、何を――⁉」

「助かったわ、間抜けな従者さん！」

指先に魔力が宿るのが分かる。

それをつながった先のエリーに叩きつけようとして――……。

「ふぎゃあああああっ‼」

ジャクリーンの全身に激痛が走った。

「痛い、痛いっ！　何よこれ⁉」

「――あーあ、だから言ったのに」

弾かれたように目を向けると、青年がやれやれといった顔をしていた。

その口元には笑みがある。相変わらず、人のよさそうな顔立ちだ。

だが今、なぜかその表情にゾクリとした。

「あなたがエリーに手を出すか、最後の賭けだったんですよ。エリーに何もしなければ、無事でいられたんですけどね。まあ、想定の範囲内ですよねぇ」

「あたしに何したのよ、あんた⁉」

「俺は何もしてませんよ」

したのはあなたです、とジャクリーンの胸元に指を向ける。正確に言えば、心臓の部分に。

「うちの閣下、見かけによらず魔導具の扱いに長《た》けてましてね。色々細工したんです。エリーの指輪に《反射》を仕込んだ時、ちょっとしたおまけも組み込んだようで」

「だから、一体なんなの⁉」

「ですから、おまけです。あくまでも副産物だったんですけどね。大いに役立ってくれたようで」

「何をしたか言いなさいよ、この無能！」

「おお怖い。――ですからね、『俺は』何もしてないんですよ」

もちろん、閣下《アーヴィン》本人もだ。

そこで言葉を切り、彼は明るい声で告げた。

「したのは《反射》です。それだけですよ」

「反射……って……」

「あなたがエリーを攻撃した時、跳ね返されたでしょう？　あの時に、同じ術をあなたの体に刻むよう仕込んだんですよ」

エリーが魔力を使えないと知った時、ジャクリーンがどう出るか。

反省して何もしなければよし、後悔して改心すれば術が解ける。

エリーを心配し、治癒魔法をかけたいというのであれば、最初から拘束をゆるめるつもりだった。どのみち、エリーを傷つける事はできない。

だが、反省したふりで油断させ、他者を傷つけようとするのであれば――相手に仕掛けた魔法が、自分の身に返ってくる。

「あ……あたしを騙したの⁉　この嘘つき、恥知らず！」

「どっちの口がって言葉ですね」

「うるさい、黙れ！」

「そもそも、騙される方が悪いって言ってませんでした？　閣下から聞いた話ですけど」

「黙りなさいよ！　卑怯者《ひきょうもの》！」

「さっきの術、魂に作用するものですよね。この状況で魂に触れる魔法を選ぶなんて、すごい度胸ですよねぇ。俺にはとても真似できない」

「黙れって言ってるのよ‼」

エリーならすくみ上がるほどの大声を出しても、青年はまったく動じなかった。しげしげとジャクリーンの顔を見て、不思議そうに首をひねる。

「うーん、やっぱり分からないな」

「何がよ‼」

「魔法が跳ね返されたんだから、見た目に変化があるはずなんですけど。あれだけ痛がってた割に、どこにも傷はありませんね」

「……‼」

はっとジャクリーンは息を呑んだ。

そ、う、だ。

この男はついさっき——なんと言っていた？

「あなたはどんな魔法をかけたんです？　攻撃ですか、それとも呪い？　まさかとは思いますが、隷属なんて最悪ですよ。魂に刻まれた魔法は、死ぬまで消すことができない」

「なっ……!?」

「対象者には絶対服従、害意を抱いただけで発動する。普通の人間なら気が狂うんじゃないですか？　まあ、そんな物騒な魔法を身内にかけるはずがありませんから、大丈夫だとは思いますけど」

「あ、あたし……そんな……」

「それにね、あなたの魂に刻まれた魔法は、もうひとつの効果もあるんです」

「え……？」

「あなたを拘束していた縄、何の仕掛けもないんですよ。あなたは魔力封じだと思っていたみたいですけど」

「何の仕掛けもない……ですって？」

そんなはずはない。

だって、魔力は確かに発動しなかった。ちゃんと確かめたから、間違いない。

自分の体には魔力がある。それなら魔法は使えるはずだ。

体内に揺らめく魔力を確認し、ジャクリーンは大丈夫だと安心する。

「お疑いなら試してみます？　とは言っても、攻撃魔法は勘弁ですけど」

「このっ……！」

余裕たっぷりに言われ、ジャクリーンはブチ切れた。

ひそかに魔力を高め、指先に集中する。

こうなったら、泣きわめいても許してやるものか。全身ぼろぼろになるまで痛めつけてやる。

這いつくばって許しを請うまで許さない。こんな——馬鹿にして！

彼の手をつかみ、一気に魔力を流し込む。だが——。

「うぎゃあああああっ⁉」

今度も悲鳴を上げたのはジャクリーンだった。

「痛い、痛い痛い痛いっ！　なんなのこれ、なんなのよっ⁉」

「あなた、学習能力がないいって言われません？」

呆れたような声とともに、ふう、とわざとらしい嘆息があった。

「攻撃魔法をやめろと言われて、攻撃魔法を選択する人がいますか？　どう考えても罠《ブラフ》でしょう」

「痛いっ、痛いいぃっ！」

「それ、今まであなたがエリーにしていたことですから。自分の魔力を自分で味わうのって、新鮮でしょう？　いやぁ、うらやましいなぁ」

　絶対にそう思っていない口調で、のほほんと告げる。

「なんで……こんな……っ」

「あなたの体に刻まれた《反射》の効果です。誰かに攻撃魔法をかけようとすると、自分に反射しちゃうみたいですね。いやぁ、よくできてますねぇ」

「なっ、そんな……っ」

「もう二度と、あなたは誰かを傷つけることはできません。魂に刻まれた魔法が消えない限りね。でも、その触媒は古代魔導具だ。この意味、お分かりですよね？」

　それはつまり、解除はほぼ不可能という事だ。

　たとえ同じレベルの古代魔導具を用意できても、魂に刻まれた魔法はどうにもできない。つまり、ジャクリーンは今後一切、攻撃魔法が使えない。

　それだけでなく、普通の魔法も同様だろう。魔力が外に出せないならば、どれだけ魔力量があっても意味はない。

「ああ、それと――」

　ピシリ、という音がしたのはその時だった。

「何……？」

　ピシピシ、ピシピシと、かすかな音が響いている。

何気なく自分の手を見つめ、ジャクリーンは愕然とした。

「なによ、これ……？」

――白魚のような手は、老婆のように干からびていた。

見ると、手だけでなく、腕にも変化が表れていた。

シュウシュウと音を立て、肌から水分が奪われていく。いや、それは錯覚かもしれない。

ジャクリーンの体が急速に老い始めたのだ。

「何よこれ、一体何よっ⁉」

「古代魔導具を使用した副作用です。あなたは魔力枯渇を起こしかけているんですよ」

「なっ……⁉」

「魔力枯渇は知ってますよね？　あなたがエリーに教えたことだ」

全身の激痛に苛まれながら、髪や歯が抜け落ちて、顔はしわくちゃになり、ぼろぼろになって死んでいく。

「よかったですね、自分の体で体験できますよ」

「なんで……こんな……っ」

「それもあなたがしたことでしょう？」

エリーの魔力を古代魔導具に吸い尽くさせようとしたのだから、今度は自分の魔力が喰《く》われる番だ。

「あなたが魔力を使うたびにこうなります。一応言っておきますが、使用しない方が身のためですよ」

攻撃魔法を使えば自分に跳ね返され、同時に体内の魔力が欠乏して、魔力枯渇に陥《おちい》る。その苦しさは想像を絶する。痛みに耐性のないジャクリーンには、到底耐えられそうにない。

（……それに）

魔力を使うたびにこうなるなら、自分自身にも使えない。

あの美しい肌も髪も、魔力をたっぷりと使っていたおかげなのだ。それがなくなれば、あれだけの美貌を保つ事ができない。

美しさに絶対の自信を誇っていたジャクリーンにとって、それは何よりも耐えがたい事だった。

「そんなの嫌よ、どうにかして！」

「できませんよ、そんなこと」

だって、と青年が無邪気な顔で告げる。

「あなたはエリーを助けなかったんでしょう？」

「………………！」

「それが返ってきただけです。あなたにはお気の毒ですけど」

まったくそう思っていないだろう口調で言い、朗《ほが》らかに笑う。

その表情は相変わらず軽薄だ。まるで今日の天気を告げるような気軽さで、サイラスはジャクリーンの懇願を一蹴した。

「俺ね、これでもエリーのこと気に入ってるんですよ」

「……それが、何よ」

「いい子ですよね、あの子。素直で、可愛くて、一生懸命で。うちの閣下とお似合いです。幸せになってくれるといいなって、思っちゃったんですよねぇ」

「…………」

「傷をつける気なんてなかったのに、少々見誤ったようで。本当に反省してるんです。だから、これは八つ当たりも兼ねてるのかな。自分への、ってことですけど」

彼はよく分からない事を言い、ふたたびにっこりと笑みを浮かべた。

「というわけで、もう二度と失敗しません。我が主の名に懸《か》けて」

ほんとにいい子ですよね、あの子、とサイラスが告げる。

返事がない事を承知のように、ジャクリーンに顔を近づける。

その身に魔力は感じられない。先ほどの美貌の青年に比べ、取るに足らない平凡な男だ。

それなのに、どうして体が震えるのか。

得体のしれない恐怖に囚われ、ジャクリーンは無意識に喉を喘《あえ》がせる。

「俺ね、閣下の命令を受けて、色々調べてたんですよ」

サイラスが軽い口調で言った。

「あなたがエリーに何をしたか。エリーを捨てた時の状況も、ほぼ正確なところを把握しているると思います」

「それが……なんなのよ」

「思ったんですよね。あなたはエリーを無能とののしって虐げていたけど、本当は違うんじゃないですか？」

「何が……」

「あなたはエリーの才能に気づいてた。そんなはずはないと思いながら、どこかでそれを分かって、嫉妬してたんじゃないですか？」

「違うわよ‼」

ジャクリーンはわめいた。

あの愚図は無能の役立たずで、ジャクリーンのお荷物だった。

エリーの魔力量が多少多いのは認めるが、自分とは比ぶべくもない。少なくとも、ジャクリーンはそう思っている。

だから使ってやったのだ。限界ぎりぎりまで魔力を奪い、他の事ができないようにした。エリーの成果はジャクリーンのものとなり、周囲もみんなそれを信じた。

それもこれも全部、自分が天才だったからだ。

「小さいころから、あたしの方がよくできたの。あたしの方がすごかったのよ。あんな愚図、あたしの足元にも及ばない」

「その愚図にすべて押しつけて、仕事はうまく回っていたんでしょう？　だとしたら、すごいのはエリーだ。あなたじゃない」

それに、とサイラスは指を向けた。

「あなたがこき使っていたから、エリーはあなたに勝てなかったのでは？」

「何をっ……！」

「小さいころはともかく、ある程度の年齢になってからは、エリーの方が優秀だった。あなたは意識的にか無意識にか、それを察して、エリーを必要以上に虐げていた。自分の立場を脅《おびや》かされたくなかったから。違いますか？」

「違うわ‼」

「そうこうしているうちに、綺麗さっぱりそれを忘れて、都合のいいことしか覚えていなかったんじゃないですか？」

「そんなはずないわ！　あたしは天才なのよ！」

ジャクリーンがわめいたが、サイラスの視線は揺るがなかった。

御しやすそうな男だと思ったのに、飄々《ひょうひょう》とこちらを手玉に取り、余裕をもって話している。その事に燃えるような怒りと屈辱を覚えた。

「天才はエリーの方ですよ。あなたは多少魔力が扱えるだけの、頭の悪い凡人だ」

「違う‼」

叫んだ瞬間、はらりと髪が抜け落ちた。床に落ちた髪の色を見て、ジャクリーンは「ひっ」と息を呑む。

鮮やかだったはずの赤毛は、真っ白な色に変わっていた。

「あ、ああ……っ」

反射的に顔に触れ、ジャクリーンは悲鳴を上げた。

乾き切った指でも感じ取れるくらい、その顔は細かくひび割れていた。

これではまるで老婆だ。しわだらけの手と同じように、全身がからからに乾いている。

全身が痛い。痛くてたまらない。干乾しになったように苦しくて、息をするだけで精いっぱいだ。呼吸のたびに激痛が走る。これが魔力枯渇？　だったら魔力を補えば――いや、それはできない。魔力を使うたびに吸い尽くされてこうなるのだ。今は魔力を使っていない。いや、二度と使う事ができない。だとしたら、これは何の痛みだろう。

そうだ、これはエリーにしていた事だと言っていた。

だとすればこれは、自分がしょっちゅう行っていた、エリーへの――……。

「これがあなたへの罰になります。魔力を奪われ、美貌を失い、エリーに死ぬまで逆らえない。彼女との約束通り、命は取りませんよ。その必要もないでしょうから」

「そんな……そんな……あたし……っ」

「俺に一任されたことを感謝してください。あなたは本来、もっとひどい目に遭ってもおかしくなかったんですから」

そう言うと、サイラスは来た時と同じく、恭しく頭を下げた。

「自分の立場を理解できるようになるまで、ゆっくりと考えてください。大丈夫、時間はたっぷりありますから」

エピローグ

あれから一か月が経った。

ジャクリーンはしばらくの幽閉の後、市井で暮らす事になった。

監視はつくが、罪人というわけではない。それでも贅沢三昧していたジャクリーンにとっては辛い生活となるだろう。

両親も保養地から戻ってきて、ジャクリーンとともに暮らす事になった。

何度かエリーに面会を望まれたが、アーヴィンがきっぱりと断った。曰く、「手紙なら受け取るが、直接会うのはまだ早い」との事だ。自分でもそんな気がしたので、エリーもおとなしく頷いた。

今は諸々の事後処理を行うアーヴィンを待って、サイラスと一緒にいる。

場所は公爵家別邸の中庭だ。芝生が瑞々しく、辺りには薔薇の香りが漂っている。

「お姉さま、大丈夫でしょうか」

最後に会ったジャクリーンの様子は一変していた。

自慢の赤毛は失われ、肌も爪も干からびて、老婆のようになっていたのだ。ジャクリーンは魂の抜けたような顔をしていた。

（あの時……）

アーヴィンに止められたが、エリーは思わずジャクリーンに駆け寄っていた。

目の前に立つと、ジャクリーンがわずかに肩を揺らした。

『お姉さま……』

声をかけても、ジャクリーンは答えなかった。

普通ならひるんでしまうところだったが、エリーはもう一度『お姉さま』と呼びかけた。今度はもう少し強めに、はっきりと。

それが耳に入ったのか、ジャクリーンはのろのろと顔を上げた。

『……何よ』

その声は乾き切って、すかすかした枯れ枝のようだった。

『いい気味だって思ってるんでしょ。あんたにひどいことしたから、罰が当たったんだって』

『それは……』

『笑いなさいよ。笑えばいいじゃない。もうおしまいよ、こんな姿になって』

腕を持ち上げようとして、だらりと下げる。エリーと目を合わせないまま、ジャクリーンは投げ出すような口調で言った。

『どうせあたしが悪かったって言うんでしょ。それとも同情しようっての？　おやさしいわね、あんたって。ほんと嫌な子。聖人みたいな顔して、こんな真似するなんて』

『お姉さま、私は……』

『何よ！　どっか行きなさいよ！』

腕を振り上げられたが、エリーはよけなかった。まっすぐジャクリーンの目を見つめ、その手を両手で受け止める。細い指先には力がなく、エリーでも軽々と受け止められた。

『私は、お姉さまに仕返しする権利があります』

それを聞き、びくっとジャクリーンが身じろいだ。

『そうですよね、お姉さま？』

『そ、れは……』

『だから、仕返しさせてもらいます』

いいですよね、とつかんだ手に力を込める。

一瞬息を呑んだものの、振り払われはしなかった。

ジャクリーンの手を取ったまま、エリーが魔力を込めていく。

固く目をつぶっていたジャクリーンが、やがておそるおそる目を開けた。

『……何……？』

恐れていた痛みがやってこない事に気づいたのだろう。ジャクリーンが不安そうな表情を浮かべている。次いで、自分の体が光に包まれている事を知り、驚いた顔になった。

近くにいたアーヴィンがため息をつく。

『君はお人好しすぎる』

呆れた顔で言われたが、どうしようもない。

あの姿を見た瞬間、体が勝手に動いたのだ。

エリーが込めたのは癒やしの魔力。つまり、回復魔法だ。

やさしい光が染み渡り、ジャクリーンの肌に染み込んでいく。

淡い輝きが消えた時、顔のしわは消えていた。

『大丈夫ですよ、お姉さま。元通りです』

『……え……』

ジャクリーンが呆然と顔を上げる。

『魔力は使えなくなったって聞きました。他に痛いところはありますか？　治すところは？』

甘いと言われてもしょうがない。

けれど、これが自分だ。許したわけではないけれど、見捨ててしまう事はできなかった。

『な、なんで……』

『これが私の仕返しです。だから、ちゃんと受け取ってもらわないと』

魔力持ちが魔力を使えなくなる事の意味は、エリーもよく分かっている。

ジャクリーンはした分の罰を受けた。そして、これからもそれは続く。おそらく、気が遠くなるほどの長い時間。

だから、顔くらいは元通りでもいいだろう。

『……う、あ……っ』

自分の顔に触れ、ジャクリーンは信じられないという表情を浮かべた。

近くにいたサイラスが手鏡を差し出すと、ひったくるようにして受け取り、食い入るように見つめる。その目から涙があふれ、ぼろぼろとこぼれ落ちた。

『うぁ……あ、ああああっ……！』

あたしの顔が、と繰り返す。

『元に……もとに、戻った……っ』

『そうですね。元のままです』

髪の色は褪《あ》せ、鮮やかな輝きは失われてしまったが、以前と同じジャクリーンの顔だ。

魔力が使えなくなった今は、肌がくすみ、日焼けのシミも残っている。

瞳は以前のエリーによく似た灰混じりで、絶世の美女だった姉の姿はない。けれど、年相応の若さを取り戻した顔は、先ほどよりもずっとましだ。

二度と元に戻らないと思っていた絶望の時間が、この上ない罰となっただろう。

自分の美貌を何よりも大切にしていたジャクリーンにとって、想像を絶するほど辛い日々だったはずだ。それはジャクリーンの様子を見れば明らかだった。

『あたしの、顔……っ』

よほどほっとしたのか、ジャクリーンはそれしか口にしない。

サイラスが若干「反省してんのかコラ」という目をしているが、エリーは知っている。これはジャクリーンが本気で泣いている時の顔だ。

あれはいつの話だったか。

まだジャクリーンがすべてをエリーのせいにする前の、遠い記憶。

もうずいぶん昔の話だけれど。

『……ご、ごめ……っ』

『お姉さま？』

『ごめんなさい、ごめんなさい、エリー……！』

しゃくり上げ、嗚咽《おえつ》を漏らし、わあわあと子供のように泣き叫ぶ。

そういえば、姉は子供のようだった。

ワガママで、乱暴で、自分さえよければいい子供。

ちっぽけな女王様だった姉はもういない。いるのはただ、魔力を失ったひとりの女性だ。

『元気で暮らしてくださいね。手紙を書きます』

『わ、わかっ……』

『父さんと母さんにもよろしく伝えてください。どうか風邪を引かないように』

『分かったわよ、もう……っ』

ごめんなさいと、繰り返しエリーに謝罪する。

それを信じてもいいと思うくらい、不器用な謝り方だった。

ジャクリーンが去った後で、サイラスが彼女の調査をしていた事が明かされた。

なんでも、魔力付与の不正の証拠を集めたり、エリーの虐待について調べていたらしい。

ジャクリーンの処分が比較的速やかに決まったのも、そういった背景があったようだ。さらに言えば、彼女を屋敷に忍び込ませるよう仕組んだのもサイラスで、後になってエリーは彼から丁重にお詫びされた。

それは別に構わない。むしろ、面倒な事をすべてこなしてくれた彼には感謝しかない。

ちなみに、ジャクリーン達が暮らすのは元の家だ。そちらもサイラスが手配してくれた。しばらくは近所の好奇の目が辛いだろうが、それくらいは我慢してほしい。「しっかり噂話は広めておいたからねー」というセリフは聞かなかった事にする。

あの騒ぎの後、すぐにジャクリーンの工房は閉鎖となり、魔力付与していたのはジャクリーン以外の人間だったと公にされた。

大々的にエリーをお披露目するという話もあったが、全力で拒否した。

だが、じわじわと噂は広がり、ジャクリーン・ブランシールの「幻の妹」は、今やちょっとした有名人だ。

そんな事を思い出していたエリーは、サイラスの声に我に返った。

「そういえば、閣下が落ち込んでたよ。せっかくの守護が効かなかったって」

「守護？」

「指輪と別に、おでこにさ。キスされただろう？」

「あ、あれ……」

そうだったのか。

謎が解けてほっとしたが、同時にやっぱり深い意味はなかったのかと思って気が抜けた。

勘違いする前でよかった。できるだけ早く忘れよう。

そんな事を思っていると、「エリー？」と名前を呼ばれた。

「なんでもありません。サイラス様にもお世話になりました」

ありがとうございますと頭を下げると、彼は軽薄な顔で笑った。

「いいって、そんなの。前にも言った通り、ああいうのは俺の方が適任だからね」

「そうなんですか？」

「そうですとも。……って、噂をすれば閣下だ」

サイラスが目をやった先に、アーヴィンが歩いてくるのが見えた。

「じゃあ俺はこれで。うまくやりなよ、エリー」

「え、何が？」

答える間もなくサイラスは行ってしまい、後にはきょとんとする二人が残された。

「何の話をしていたんだ？」

「お姉さまの話です。……あの、閣下。ありがとうございます」

頭を下げると、アーヴィンは戸惑った顔になった。

「何がだ？」

「あの……守護を、かけてくださったとか。おでこに、その……」

「……サイラスの奴」

ちっと舌打ちが聞こえた気がしたが、気のせいだろうか。アーヴィンは相変わらずの無表情だ。

「魔力が足りず、君に怪我《けが》をさせてしまった。申し訳ない」

「そんなことないです。お姉さまの魔力に耐えられたのは閣下のおかげです」

「だが、痛かっただろう」

手を取られ、真顔で見つめられる。相変わらず、ものすごい至近距離で。

「近い近い近すぎます」

「君にだけだ。問題はない」

「ありますよ！　ごっ……」

——誤解しちゃうじゃないですか。

喉まで出かかった言葉を呑み込み、むぐっと詰まる。

「ご？」

「……な、なんでもないです」

目をそらしたが、視線は外れない。むしろ目力が増し、じっとこちらを見つめてくる。規格外の美貌の主にそんな真似をされると落ち着かなくて、エリーは空いている腕を突っ張った。

「だから……近いです、閣下」

「君にだけだと言った。問題はない」

「ありますってば」

押し問答しているうちに、アーヴィンはつと眉を寄せた。やけに深刻な顔で言う。

「……やはり、怪我をさせてしまったからか」

「閣下？」

「君を守り切ることができなかったから、私を避けるのか。それも当然だ。申し訳ない」

「ち……違いますよ！　閣下の守護は役に立ったし、感謝しかないです」

「だが君は私のことが嫌だと言う」

「言ってませんよ！　むしろ好……」

き、と言う直前でふたたび詰まる。アーヴィンが不思議そうな顔をしている。

「す？」

「……いえなんでもないです」

「そうか。ちなみに、私は君のことが好きだ」

「……え？」

一瞬ぎょっとしたが、すぐにエリーは「語弊だ」と悟った。

（びっくりした、本気で信じそうになってしまった……）

「どうした、エリー」

「いえ、相変わらず語弊がひどいです」

「語弊ではない。君が好きだ」

「それを語弊と言います」

片腕を突っ張ったままのエリーに、アーヴィンが手首をつかんでくる。強い力ではないのに、振りほどけない。顔が近づいてびくりとする。

「間違っていない言葉を告げるのは語弊ではない。従って、私の言葉も語弊ではない」

「な……」

「私は君のことが好きだ。私を嫌いならそう言ってくれ。あきらめはしないが、一旦引く。十秒待つ。十、九、八、七、六、五、四、三、二、一。よし分かった、君は私のことが嫌いではない」

「待って待って待ってください」

「待たない。君の返事を」

「へ、返事？」

「私は君のことが好きだ。私を受け入れてくれるだろうか」

真顔で告げるアーヴィンは、恥じらいのかけらもない。これはやはり、恋愛とは違う「好き」だろう。

（つまり、これは行動弊……）

一瞬でそう判断すると、エリーは小さくため息をついた。落ち着けと自分を戒《いまし》めつつ、それに基づいた返事をする。

「受け入れるも何も、私も同じ気持ちですよ」

「そうなのか？」

「もちろんです」

魔導具研究の助手として、アーヴィンの事は尊敬している。それを好きと言うならそうだろう。エリーが一方的にどきどきしたり、顔が赤くなるのを除けば、その「好き」は許容範囲だ。

別の意味で好きなのは、絶対に隠し通さなければ。

「……そうか」

次の瞬間、その顔がさらに近づいた。

「近い」と言う間もなく、視界いっぱいに顔が広がる。

何、と思う間もなかった。

唇が近づき、そして重なる。

触れるだけの軽いキスをして、唇はすぐに離れていった。

「君も同じ気持ちなら問題ないな。末永くよろしく頼む、エリー」

「…………え」

「君は私のことが好きだと言っただろう？」

私もそうだ、と。

瞳に瞬く星が見える距離で、甘く囁く。

「私も君のことが好きだ。付け加えるなら、今のような意味で」

「え……？」

「愛している、エリー」

何を言われているか分からず、エリーは束の間固まった。

アーヴィンは真顔のまま、エリーを黙って見つめている。その瞳に焦がれるような熱はないが、ごく柔らかな色を感じる。

ただ、それが理解できるかどうかは別だった。

アーヴィンはまだエリーの事を見つめている。

唇には先ほどの感触が残っている。

硬直していたのはほんのわずかな間だが、その後もエリーは動けなかった。

ようやくその言葉が理解できたのは、たっぷり十秒以上経ってからの事だ。え、ともう一度繰り返す。

(え……)

え。

え。

え。

「えええええええっ⁉」

思わず叫んだエリーに、「なぜ驚く?」とアーヴィンが不可解な顔をした。

「だ、だって、行動弊っ……」

「語弊でも行動弊でもない。何度言えば分かるんだ。私は君を愛している。疑うなら、その根拠を上から述べようか?」

「いいですいいですやめてください、心臓がもちません!」

「君は努力家で、心やさしく、おいしそうにものを食べる。照れた時にはにかむ様子が可愛らしく、魔力付与における真摯な態度に好感を持ち……」

「だからもうやめてください……!」

「――だが、何より心惹かれたのは、ジャクリーン・ブランシールへの回復魔法だった」

え、とエリーが目を瞬く。アーヴィンは静かな瞳でエリーを見ている。

この目は以前に見た事がある。

確か、ジャクリーンが大暴れしたあの時だ。あの時もアーヴィンはこんな顔をしていた。

「彼女を許すつもりはなかった。君の姉は邪悪で愚かで、ここで止めなければいけない人物だと思った。今でもその認識に変わりはない。ジャクリーン・ブランシールは危険人物だ」

それなのに、と息を吐く。

「君は、ためらわずに彼女を救ってみせた」

「すみません、あれは……」

「謝る必要はない。あれが私の認識を変えた」

首を振り、エリーの事を見つめる。その目に小さな光が瞬いて、やさしく消えた。

「あの魔法は美しかった。あの色合いは君にしか出せない。その色が私の心を打った」

「閣下……」

「どうしようもない悪人は存在する。慈悲を持たぬ方がいい相手もいると私は思う。だが——」

そこでエリーの手を取ったまま、右手の甲にキスをする。

「……やさしさで救えるものもあるのではないかと思った。それだけだ」

そしてそれが君に惹かれていると気づいた瞬間だ、と。

甘い顔で、甘い声で、この上なく甘く囁く。

ジャクリーンは自らの魔力だけでなく、他者の魔力も受けつけない体になってしまった。唯一の例外は、隷属魔法を刻んだエリーだけだ。

もっと痛めつける事もできたし、ここぞとばかりに復讐する事もできた。実際、そうなってもおかしくなかった。それほどひどい目に遭わされてきたのだ。サイラスもそう言っていたし、アーヴィンも止めるつもりはなかった。

だが、エリーはジャクリーンの傷を癒やし、涙と謝罪を引き出した。

人によっては甘すぎる処置だと言われるかもしれない。

けれど、それがあの暴君のような姉の、心のどこかを刺激したのだ。

「その甘さも含めて、私は君のことが好きだ」

「もう十分です……あと距離が近い」

「近くても問題ないだろう。最初から君だけだと言っている」

「だから近いですってば……！」

両手を握られたまま、至近距離で話す姿は、ダンスの一種に見えただろう。腕を突っ張って逃げる事もできず、エリーは真っ赤な顔で目をそむけた。

（恥ずかしい……）

もはやアーヴィンの顔が見られない。だが、逃がしてくれる気もないようだ。

つかまれた手首が熱くて、心臓の音がうるさく響く。

どうしようと思っていると、ふわりといい香りがした。

(あ、この匂い……)

何度も嗅いだ清涼な香り。エリーの好きな匂いだ。

その香りの主《ぬし》に追い詰められて、エリーはとうとう観念した。

「……閣下、お耳を貸してください」

「なんだ？」

「もう少し……近くに来てください」

いつもとは逆の事を言い、顔を近づけたアーヴィンにひとつ頷く。

すー、はー、すー、と深呼吸し、一度だけ目を閉じる。

「あのですね……」

そしてエリーは短い言葉を口にした。

——私も、好きです。と。

了

書籍限定書き下ろし番外編

招かれざる客がやってきました

その日はジャクリーン・ブランシールの後始末で、最後の報告と現状確認に王宮を訪れている時の事だった。

「ようアーヴィン、来てたのか」

名前を呼ばれ、アーヴィンは背後を振り向いた。

王宮魔術師専用の廊下。そのさらに奥、少し離れた場所に、背の高い人物が立っている。

全身黒ずくめの服をまとった、燃えるような赤毛の青年だ。彼はつかつかと歩み寄ると、いきなりアーヴィンに手をかざした。

「――《燃えろ》！」

「――《無効化》」

ほぼ同時に呪文《スペル》が起動して、炸裂するはずの炎が消えていく。それを一瞥し、アーヴィンは顔色ひとつ変えずに言った。

「王宮での攻撃魔法の使用は禁止されている。悪ふざけが過ぎるな、ラズリー」

「いいだろ、これくらい。それに、王宮魔術師は正当な理由があれば使用可能だ」

「私への個人攻撃のどこに正当な理由がある？」

至極もっともな反論に、ラズリーと呼ばれた青年はくくっと笑った。

「俺がお前を倒すまで、第一位の座は手に入らないからな。勝つまで根気よくやってやるさ」

「迷惑だ」

眉をひそめるアーヴィンには構わず、青年がマントの裾を払う。

王宮魔術師の中でも限られた人間にしか許されないそれは、黒地に金色の刺繍が施されている豪華なものだ。ここに所属していた時、アーヴィンも同じものを着用していた。

目の前の青年は自分の元同僚で、昔からやたらと絡んでくる迷惑な男だ。

鬱陶《うっとう》しいが、魔法の才能は認めている。

「そう言うなって。お前がいなくなってから退屈なんだよ」

「なぜだ」

「俺と互角にやり合える奴は、今のところお前くらいだからな」

お前だってそうだろう、と青年が言うと、アーヴィンは少し考えた。

「……そうでもない」

「何？」

「魔力は私を遥《はる》かに凌駕して、魔力付与の才能もあり、魔導具にも詳しく、魔術談義には事欠かない、この上なく愛らしい人間がいる」

「いや最後の情報なんなの……つかマジで?」

「戦いには不向きだが、魔力付与の才能はお前よりも上だ。もちろん、私よりも」

ラズリーは目を丸くしていたが、心底疑わしげに言った。

「いや待て、いくらなんでもそんなのあり得ないだろ。王宮魔術師だったころ、連戦連勝の負け知らずだったくせに」

「私の魔力はそれほど高くない。魔力操作が得意なだけで、通常よりもやや多い程度だ」

「人の数十倍ある奴のセリフじゃねぇよ」

「この魔導具の魔力付与も彼女がしてくれた。完璧だ」

無表情ながら、心なしか満足そうにアーヴィンが言う。手にしているのは飾り玉だ。小指の先ほどの大きさで、紫色の半透明の石がついている。

一般的に、子供のお守りに使われるものだが、今の炎を防ぐほどの力はない。せいぜいが転んだ時の怪我防止や、すり傷か切り傷に効く程度だ。ラズリーもそれを知っているのか、怪訝そうな顔を隠さない。何言ってんだコイツ、とでも言いたげな顔だ。

だが、それよりも。

「彼女?」

そちらの方が明らかに重要だったらしい。ラズリーが間の抜けた声を上げた。

「男ではないから、彼女で間違いないだろう。それに何か問題が?」

「いやまあ、問題はないんだけど……ああそっか、仕事相手か」

「恋人だ」

「こっ……!?」

ニワトリのような声を上げ、ラズリーが硬直する。ややあって、自らを落ち着かせるように首を振った。

「……すまん、聞き間違えたみたいだ。今なんて？」

「恋人だ」

「…………。変人じゃなくて？」

「失礼なことを言うな。彼女は別に変人ではない」

「いやお前のことなんだけど」

「私もまったく変人ではない」

そこで二人の目が合い、三秒後にそらされる。

「……まあそれはいいとして……お前、女は好きじゃなかっただろ。いつの間に宗旨替えしたんだ？」

「別に嫌いではない。好きでもないが」

「その子のことは？」

「愛している」

臆面もなく言うと、ラズリーが珍妙な顔になった。

「……聞き間違いか。もう一度」

「心の底から愛している。もう一度言うか？」

「いらねえよ」

しっしっと手で払い、ラズリーが不機嫌な顔になる。

そんなに変な事を言ったつもりはないのだが、一体どうしたというのだろうか。

「そういえば、最近騒ぎに巻き込まれたって聞いたけど、もしかしてその関係か？　ジャクリーン・ブランシール関連のごたごたを解決した、とかなんとか」

「さあな」

「……もしかしてお前の恋の相手って、ジャクリーン・ブランシール？」

言い終える前にラズリーの髪がボッ‼　と燃えた。

「危ねえな！　火傷《やけど》するだろ！」

「冗談でも言っていいことと悪いことがある」

「だからって燃やすなよ！　つか俺の護身魔導具の防御を軽々と突破すんじゃねえよ！」

「彼女の手柄だ。私の恋人はすごい」

「のろけてんじゃねえ！」

叫んだラズリーに、アーヴィンははたと手を打った。

「そうか、これがのろけか」

「……お前ほんとになんなの一体……？」

変人に磨きがかかってやがると毒づきながら、ラズリーが燃えた髪を払う。ぱらぱらと焦げた髪が落ち、息のひと吹きで消え去った。

「まあいいや。その恋人、可愛いのか」

「彼女より可愛い存在はいない」

「美人？」

「彼女より美しいものは存在しない」

「性格は？」

「彼女より心の綺麗な人間はこの世にいない。サイラスもそう言っている」

「……え、あの人格にちょっと問題があるお前の従者も？」

「サイラスは変人だが、人格に問題はない。この間は少々苦言を呈したが」

ジャクリーン・ブランシールの悪事の証拠をつかむため、現行犯で捕まえる事にしたのだが、その際の方法に問題があった。

屋敷を使う事は了承したが、エリーを囮《おとり》にするとは思わなかった。守護をかけておいてよかったと、あの時ほど思った事はない。それでも冠の力が強すぎて、彼女に傷を負わせてしまったが。あの時の後悔は計り知れない。

「サイラスの手綱を握れなかった私のミスだ。二度と同じ真似はしない」

「へー、そう……」

ラズリーは何か考える様子だったが、アーヴィンはそのまま背を向けた。

エリーの自慢ができて、少しだけ嬉しい。

まったく顔には出ていないが、アーヴィンはちょっぴり喜んでいた。

◇◇◇

アーヴィンが王宮を訪れた翌日。

爽やかな笑顔とともに、アーヴィンの屋敷を訪れた人物がいた。

「やあ、こんにちは」

「君、メイドの子？　可愛いね、いくつ？」

「十六です……。あの、失礼ですがご用件は？」

この屋敷は通いの使用人がいるが、人が訪ねてくる事はめったにない。

そのため、彼らの仕事の大半は家事労働に限られている。サイラスがいれば応対はするが、基本は伝言を受け取る形になっている。

その正面に当たる門を堂々と叩いたラズリーは、見慣れない少女に首をかしげた。

「最近雇われたのかな？　見たことないけど、まあいいや。よろしく」

「よ、よろしくお願いします」

少女――おそらくメイドだ――は、慌てたようにちょこんと頭を下げる。その初々しい仕草が可愛らしい。

「俺あいつの友人なんだけど、中に入れてもらっていいかな」

「あいつ？」

「この家の主人である、アーヴィン・ラッセル。俺の元同僚なんだ。で、今日はあいつの恋人に会いに来た」

あっけらかんと言われ、メイドの顔が赤くなる。

「こっ……!?」

「とりあえず、お茶淹《い》れてくれる？　あ、部屋じゃなくていいや。あっちの離れ、まだ使ってるだろ？」

あっちに持ってきてと言うと、勝手知ったる様子で歩き出す。慌ててその後を追い、少女は「困ります」と立ちふさがった。

「勝手にお客様を入れるわけには……」

「大丈夫。俺、王宮魔術師だから」

「王宮魔術師？」

その単語には聞き覚えがあったのか、少女が目を瞬く。

それもそのはず、この屋敷の主人アーヴィン・ラッセルの以前の役職だ。だがそれを証明するものは何もなく、あいにく顔見知りの人間もいない。ラズリーがふたたび進もうとすると、少女は困ります、ともう一度言う。

「閣下がいない家に、人を招くわけにはいきません。私にそんな権限はありません」

「いい子だなぁ。でも大丈夫、君に責任は取らせないから」

「そういう問題ではなくてですね……」

どうしようと思ったのか、少女が真剣な顔で考え込む。それを見ているうちに、ラズリーの中にふといたずら心が湧き起こった。

少女の耳元に唇を寄せ、ひっそりと囁く。

「──どうしても駄目って言うなら、もっと大人な用件をお願いするけど、それでもいい？」

「……っっっ⁉」

ばっと耳を押さえた少女が、一瞬で顔を真っ赤にする。

そんな姿に少し笑い、ラズリーは軽く片目を閉じた。

「かーわいい。久々に見た、こんな新鮮な反応」

「な……な……なっ……」

よほど衝撃だったのか、少女は完全に硬直している。

あわあわとする口元が可愛らしい。

断言してもいいが、彼女に恋人はいないだろう。この物慣れなさは、一度も恋人ができた事のない人間の反応だ。おまけにものすごく清純そうだし、反応も素直。うん、間違ってもこの子に恋人はいない。賭けてもいい。

「心配しなくても、怪しい者じゃないよ。信用できないなら王宮に問い合わせてくれてもいいし、仕事仲間を呼んでもいいいけど」

「でも……」

「ほんとに仕事熱心なメイドさんだな」

砕けた口調だが、ラズリーは堂々とした態度を崩さない。

己のたたずまいに品がある事は知っている。ざっくばらんな態度でも、貴族に見える自信がある。身につけているものもさりげなく高級品だし、物腰も洗練されている。王宮魔術師というのはダテではない。

ついでに言うと、自分の容姿が若い女性に好まれやすいのも知っている。

なぜか目の前の少女には通じていないが、これでもラズリーは貴族令嬢に大人気なのだ。

何せ自分はアーヴィン・ラッセルに次ぐ美形であり、アーヴィン・ラッセルに次ぐ才能の持ち主であり、アーヴィン・ラッセルに次ぐ家柄の良さであり、アーヴィン・ラッセルに次ぐ研究成果の記録保持者であり、アーヴィン・ラッセルに次ぐ告白回数の――……。

（……あ、自分で思ってて腹立ってきた）

「あ、あの？　どうかされましたか？」

「ああいや、なんでもない」

いきなり眉を寄せたラズリーに戸惑ったのか、少女が不思議そうな顔になる。

「なんでもないよ。とにかく離れに入れてくれる？」

「ですが……」

少女はためらっているが、先ほどよりも勢いが弱い。

それもそのはず、ラズリーの言葉を信じるなら、相手は主人の客人だ。メイドの一存で追い返すわけにはいかない。

どう見ても貴族階級であり、主人の元同僚であり、現役の王宮魔術師。

これ以上断るのは失礼だろうか……と思っているのが伝わってくる。

だが、家主不在の状況で、勝手に離れに案内するのは抵抗があるらしい。

なおもためらう少女に、ラズリーは少し考えた。

「そうだな、じゃあ俺と勝負する？」

「勝負？」

「君が勝ったらあきらめる。俺が勝ったら君は俺を離れに案内して、ついでにお茶を持ってくる。それでどう？」

そう言うと、ラズリーは改めて自己紹介した。

「俺はラズリー。ちなみに、君の名前を聞いてもいい？」

「私は……」

赤い瞳に見つめられ、少女が観念したように頭を下げる。

「……エリーです」


勝負の内容は、魔力付与に決定した。

(ちょーっと意地悪だったかな？　魔力付与得意なんだよね、俺)

あの変人――アーヴィン・ラッセルにこそ敵わないものの、歴代の王宮魔術師の中でも一、二を争う腕前だと自負している。

魔力付与とは言葉の通り、魔力を付与する事である。

対象は魔導具、宝石、護符や防具と様々だが、もっとも一般的なのは、【魔石】と呼ばれる石に付与する事だ。

魔石に付与する事により、それを魔導具に組み込む事も、それを使って様々な魔法を行使する事も、魔力を保存しておく事もできる。また、足りない魔力を補う事もでき、もしもの場合は重宝する。非常に使い勝手のいいものなのだ。

だがその反面、魔力付与というのは難しい。

元々の才能に加え、それなりの魔力と魔力操作の技術が必要となる。

魔力持ちの十人にひとり程度しかできず、たとえできてもほんのわずかだ。特に貴族でない場合、勝負どころか、まともな量の付与を成功させる事さえ難しい。

とても目の前の少女にできるとは思えなかったが、少女は普通の顔をしていた。

「ちなみに、君は魔力付与できるの？」

「え？　あ――そうですね、一応は」

自信なさげな表情を浮かべたが、すぐに頷く。その様子は小動物のようで愛らしい。

今度デートに誘ってみようかと思いつつ、ラズリーは魔石を取り出した。

「この魔石に多く魔力を付与できた方の勝ち。それでいい？」

「はい」

少女――エリーがふたたび頷く。

ちなみに、ここは公爵家別邸の中庭だ。互いの言い分をすり合わせた結果、まぁここならと許可が下りた。とはいえ、エリーは非常に困った様子だったのだが。

肩の下あたりまで伸ばされた金色の髪に、きらきらした紫色の瞳。ぱっと見は地味だが、よく見るとその顔立ちは整っている。なんというか、可愛い子だ。

（あいつメイドに自分の好み反映させてんのかよ……）

うらやましい――いや、ろくでもねぇなと内心で毒づく。

そういえば、彼には恋人ができたんじゃなかったか。その上で可愛いメイドさんといちゃつく気か？　うらやま――いや、ろくでもないとまた毒づく。

しかし、アーヴィンにしては珍しい。

正直、あの変人にそんな甲斐性があるとは思えないのだが。

何しろ、妙齢の美女と一晩同じベッドに入ったとしても、夜通し魔術談義を繰り広げそうな魔導具オタクである。百歩譲って恋人はともかく、二股できるほどの器用さはない。

（いやむしろ、あの性格に問題のある従者の好みか？）

そっちならまぁありそうだ。

もっとも、彼にはあまり近づきたくない。そして彼の好みは知らない。

「ねえ、君――エリー嬢？」

「エリーでいいですよ、ラズリー様」

「じゃあエリー、君、あの二人のどっちかにさらわれてきた？」

「はいっ？」

「もしくは騙されてるとか？　ご飯食べさせてもらってる？　ちゃんと人の暮らしさせてもらってる？」

「さ……さらわれてませんし、騙されてませんし、人の暮らしもしてます。あと、ご飯とおやつもいただいてます。食事の後はデザートも」

そこで何かを思い出したのか、ふにゃっとエリーの表情がゆるむ。

（あ、可愛い）

端的に言うと、ラズリーの好みだ。

「閣下が甘いものをご用意くださるので、いつもおいしくいただいてます。サイラス様も、よくお菓子や果物を買ってきてくださるんですよ」

「え、あの人格と性格と言葉選びに問題のある厄介生物どもが？」

「人格と性格以外はその通りですが、サイラス様は普通ですよ」

言外にアーヴィンの言葉選びについては同意しつつ、エリーが恥ずかしそうに笑う。

「閣下も……語弊は確かに多いですが、本当にとても良い方なので」

ご迷惑がかかる事は避けたいんですと、申し訳なさそうに眉を下げる。

「ですから、ラズリー様を離れに入れるわけにはいかないんです……ごめんなさい」

「いやそれは分かったけど……まあいいや、勝負しようか」

じゃあ先に俺ね、とラズリーが魔石を握る。

すぐに手のひらが輝くと、赤い光が立ちのぼった。

魔力は魔石に吸収されて、見る間に輝きを帯びていく。すぐに魔石がいっぱいになると、ラズリーは何かを取り出した。

「それは？」

「魔力計の一種。魔石に付与された魔力の割合を調べるんだ」

基本となる魔力を一として、通常の魔力付与は〇・〇一から一・二。一・〇以上なら及第点で、一・五ならそこそこ一流、一・八もあれば上級付与だ。

魔力計は一・七を指している。まずまずの出来だ。

「じゃあ君の番、はいどうぞ」

一度魔力を別の魔石に吸収させ、空っぽにした魔石をエリーに渡す。エリーは珍しそうに魔石を見ていたが、緊張している様子はなさそうだった。

「これに魔力付与すればいいんですね」

「そうだよ」

「じゃあ――《魔力付与》」

途端、白い輝きが立ちのぼる。

(あれ?)

ラズリーは目を瞬いた。

渡した魔石は火属性と相性のいいものだ。だから魔力付与するなら火の方がいいのだが、彼女の色はそれと違った。

時間にして数秒、ラズリーよりもあっさりと付与が終了する。

(まあ、自分の得意な魔力しか付与できないって奴もいるからな。火と相性がいいだけで、ど

の属性でも付与できる石を選んだし）

彼女はおそらく、あまり魔力付与が得意ではないのだろう。

だから長い時間の付与も、魔石に合う属性の魔力付与もできなかったのだ。

もしかすると、どの属性がいいかも分からなかったのかもしれない。素人なら当然だ。

だがこれで、ラズリーの勝利は決まったようなものだ。

彼女の魔力付与はよどみなかったが、正直、あまりにも短時間すぎて分からなかった。

「どうぞ、確認をお願いします」

「ああ、うん」

あっさり勝つのもあれだし、なんなら三回勝負にしてあげようかな――。

そう思っていたラズリーの目が点になった。

「…………は？」


魔力計の数値は、一二六を示していた。


「え、ごめん、なんか魔力計が壊れたみたいだ。数字がおかしい」

「それは大変ですね。大丈夫ですか？」

「いやもう一回計ってみよう……やっぱり駄目だ。変わらない」

数値は一二六を示したままだ。

先ほどまで正常に動いていたのに、いきなり壊れるとは予想外だ。何度か振ってみたものの、結局数値は変わらなかった。

「ラズリー様、数値はそれで正しいのでは？」

「いや、そんなはずないって。ジャクリーン・ブランシールならともかく、あれはインチキだったんだし」

しばらく前に王都を騒がせた天才魔力付与師、ジャクリーン・ブランシール。

彼女の能力は規格外であり、次々に目覚ましい活躍を遂げた。その実力は王家からも高く評価されており、高位貴族からの支持も高かったという。

だが、その彼女はペテンがばれて、一気に失墜した。

超高度な魔力付与の技術も、従来の常識を覆《くつがえ》すほどの付与量も、何らかの不正によるものだと判明したのだ。結果、彼女は信用を失い、その人気と名声は地に落ちた。

もっとも、彼女が問題を起こした先が公爵家だった事により、何らかの取引があったらしい。それ以上の話は公にされず、真相は今も闇のままだ。

（そういえば、あの高慢ちきなお姫さまには妹がいるって聞いたっけ……）

横にいるエリーに目をやると、彼女によく似た瞳をしていた。

だがまさか、そんなはずはないだろう。

首を振り、ラズリーは別の魔石を取り出した。

「次はこれでやってみようか。魔力計じゃなくて、魔石がおかしかったのかもしれない」

いいかな？　と聞くと、エリーはすぐに頷いた。

「じゃあまた俺から――《魔力付与》」

ふたたび赤い光が立ちのぼる。ラズリーの得意分野は火なので、必然的に、手元にあるのは火と相性のいい魔石が多くなる。

（ちょっとずるいかな……けど、まあ、場合によってはハンデもありか）

あまりにも差がついてしまうようなら、彼女に有利な条件を足してもいい。

もっとも、それでもラズリーが勝つだろうが。

魔力計に近づけると、数値は一・七八を示した。

「あ、直った」

「そうみたいですね」

横から覗き込んでいたエリーが頷く。

金色の髪がさらりとこぼれ、いい匂いが鼻腔をくすぐる。

あの変人達にはもったいないほどのメイドさんだ。ぜひ後で我が家に勧誘しようと心に誓う。

そんな事を思っているとはつゆ知らず、エリーは魔石を受け取った。

「では――《魔力付与》」

ふたたび白い光が立ちのぼる。

ラズリーの場合と違い、彼女は無属性の魔力しか付与できないようだ。それでも間違いはないのだが、やはり魔石の特性上、相性のいい魔力の方が付与しやすい。

もっとも、魔力付与できるだけでたいしたものだ。

もしかするとその能力を買われて、この屋敷に雇われているのかもしれない。

（やっぱり後でデートに誘おう）

あの変人と、性格と人格に問題のある従者が何か言うかもしれないが、一方は恋人持ちであり、もう一方は恋人を持ったらいけないタイプだ。とやかく言われる筋合いはない。

どうぞと魔石を渡されて、ラズリーは魔力計を近づけた。

そして、固まる。

「……ひゃくよんじゅう、なな……？」

魔力計の数値は、きっちり一四七を示していた。

「え、なんで？　また壊れた？」

「合っているんじゃないでしょうか……」

「いやそんなはずない。言っただろ？　ジャクリーン・ブランシールならともかく、普通の人間にできることじゃないって」

「そう、ですか？」

「そうだよ。もしそんな人間がいたとしたら——」

——正真正銘の、化け物だ。

エリーは不思議そうな顔をしていたが、特に何も言わなかった。

「困ったな……じゃあ別の魔石を使うか……いやでも魔力計が壊れてるなら駄目だよな……。どうするかな」

「このままお帰りになるというのは……？」

「それは嫌だ」

ラズリーが言下に却下する。だが、どれだけ確かめてみても、魔力計の数値は変わらない。横にいるエリーの目が、（帰ればいいんじゃないかな…）と告げてくるのが地味に痛い。迷惑そうな顔じゃなく、困った顔だから余計にだ。

一応、ラズリーを気遣っているらしい。あ、ほんとに惚れそう。

いっその事、エリーとデートの約束を取りつけるだけでもいいかと思ったのだが、やはりあの変人の恋人は見たい。むしろどこがいいのか問い詰めたい。いや顔か。顔なのか。あいつの顔は、悔しいけれど極上だ。……顔だけは。

そんな事を思っていると、ふといい考えが浮かんだ。

（そうだ、これなら）

どちらが勝ったのか分かりやすいし、見た目にもはっきりする。

実力差が顕著《けんちょ》に出てしまうので、多少のハンデは必要だろう。もしかすると、かなり彼女に有利なものになるかもしれない。

だが、負ける気はしない。

「じゃあ次は――」

それを告げると、エリーは目を丸くした。


ラズリーが提案したのは、少し変わった内容だった。

「魔力付与の……重ね掛け、ですか？」

「うん、そう。知ってるだろう？」

頷くラズリーに、エリーが戸惑った顔になる。

ラズリーが言うのは、王宮魔術師の中で一時期流行った遊びだった。

同じ魔石に交互に魔力付与をして、どちらが多くできるか競うものだ。

重ね掛けというのは、言葉の通り、魔力を重ねて掛ける事だ。やり方は二つあり、ひとつは魔力を混ぜるもの、もうひとつは混ぜないで行うものだ。

このうち二つ目が、今回の勝負に使われる。

やり方は単純だ。魔石などを核として、どんどん魔力を重ねていく。通常の魔力付与と違うのは、異なる魔力を重ねる点だ。ひとりでもできるが、他人とやった方が面白い。

自分と他人の魔力を重ね、反発しないように気をつけながら付与を行う。

ひとりでやるなら属性を変えるが、他人とやるならどちらでもいい。ただでさえ他人の魔力と合わせるのは難しいので、火なら火と、決めてしまった方が長続きする。

もっとも、ラズリーはどんな魔力でも構わない。

エリーに問うと、「え？　じゃあ、私は……無属性で」という、非常に頼りない返事をもらった。

ラズリーも合わせようとしたが、それはいいと断られてしまった。

生意気なのではなく、ラズリーに合わせてもらうのが申し訳ないと思ったようだ。

可愛い上に、性格もいいなんて、天使なのこの子？

「じゃあお互いに、好きな魔力を使用すること。後で文句は言いっこなし」

「分かりました」

エリーが素直に頷く。

本当にあの危険生物どものところに置いておくのはもったいない。絶対後でスカウトしよう。

（給料は倍払うって言ってみようかな……）

そんな事を思いつつ、ラズリーはエリーの顔を見た。

「何か質問はある？」

「あの、これに失敗しても、危険とかはないんでしょうか？」

「ああ、それは大丈夫」

失敗した場合、魔力はすぐに解けて消える。他に影響する事はない。

そう言うと、エリーはほっとした顔になった。

「可愛いなぁ。今から失敗した時のこと考えてるの?」

「そういうわけではないんですが……いえ、あの、そうですね、やっぱり」

何か言いかけたが、思い直したように首を振る。

まさかラズリーが負けるはずはないから、自分が負けた時の心配だろう。そういうところも慣れなくて可愛い。

「重ね掛けは初めて?」

「他人とやるのは初めてです。……あ、いえ、閣下とはやったことがあります」

「あいつそんなことして遊んでんの?」

意外だ。

目を丸くしたラズリーに、慌てたようにエリーが言う。

「いえ、遊んでいたわけではなく、色々試していた結果というか……」

「ああなるほど、実験か」

「閣下の魔力はすごいですね。正直、憧れます」

「あー……。あいつの魔力量、えげつないもんな」

「いえ魔力量ではなく……」

エリーがちょっと口ごもる。

「……なんというか、綺麗です。温かくて、ふんわりして、包み込むような感じというか……」

「いや逆だろ。冷たくて、無関心で、何もかもどうでもいいみたいな虚無の塊というか」

「閣下の魔力はやさしいですよ」

ラズリーはまじまじと少女の顔を見た。

……この子の感覚おかしくなってない？　大丈夫？　え、大丈夫？

本気で言ってるならかなりヤバい。あの人を人とも思わない――魔導具の話に付き合う時だけ人扱いする――元同僚は、本気で他人に興味がない。ラズリーでさえ、名前を覚えてもらうのに半年かかった。

覚えられたきっかけは、ブチ切れたラズリーが攻撃魔法を仕掛けてしまい、その魔力が相手の興味を惹いたせいだ。その時の魔力は自分の渾身の力を込めた、超特大の火の玉だった。

ついでに言えば、その魔法は完全に無効化された。本当に腹の立つ相手である。

「真面目にこの屋敷から連れ出したくなってきた。まあいいや、続きに入ろう」

「そうですね」

「さっきも言ったけど、重ね掛けは魔力を重ねること。先にできなくなった方の負けで、相手の魔力を崩しても負け。理解できた？」

「一応は」

普通の魔力付与に比べ、重ね掛けは魔力が安定しない。魔力付与の才能に加え、繊細な技術と高い魔力操作能力が必要となる。まさに勝負として最適だ。

通常の重ね掛けは、三回から五回ほど。六回もできれば上出来だ。

ちなみに、ラズリーは二十五回成功させた過去がある。ついでに言うと、アーヴィンは三十二回だ。どちらも周囲に圧倒的な差をつけた回数だった。

もっとも、あれは個人で行ったものなので、今回はずっと少なくなるだろう。

ざっくりとした説明に、エリーも素直に頷いた。

「分かりました。つまり、魔力付与できた回数の多い方が勝ちですね」

「正確に言うと、最後まで魔力付与できた方の勝ち。それでいい？」

「大丈夫です」

きりりと表情を引きしめた少女が、すぐに顔面の力を抜く。どうやら長い時間維持するのは難しいらしい。何それほんとに可愛いな！

「さすがにハンデはあげるよ。そうだな、五回できたら君の勝ち。それでいい？」

「構いません」

エリーが頷くと、彼は魔石を取り出した。

「じゃあ、始めようか」

重ね掛けにも色々あるが、今回はもっとも実力が分かりやすい方法にした。

魔力で対象物を覆い、層のように重ねていく。

器の上限がない分、大量の魔力が付与できる。おまけに属性の種類も問わず、どんなものでも付与できる。

ただし、これは理論上だ。

魔石に——正確に言えば【物質】という核に魔力を注ぎ、閉じ込めるからこそ安定する。それが魔力付与の鉄則だ。そうでない魔力は揺らぎ、一定の量を保つのは至難の業だ。

おまけに他者の魔力を重ねる分、安定させるのが難しい。高いレベルで魔力を練り上げる必要があり、わずかなミスでも全壊する。

たとえるならば、薄紙でできた衣を次々に着せかけるようなものだ。

ひとつ間違えばバランスが崩れ、あっという間に破れてしまう。かといって、分厚ければいいというものではない。下の魔力と釣り合いを取らなければ、魔力はあっさり霧散する。

少なくても、多すぎても駄目なのだ。

例外は他者の魔力に引きずられる事なく魔力付与する事だが、そんな人間がいるはずはない。

そして、回数を重ねるごとに、その難度も跳ね上がる。

五回というハンデを与えたものの、実際には二、三度できれば十分だとラズリーは思っていた。

(他人の魔力の上に自分の魔力を重ねるの、すげーめんどくさいんだよな……。王宮魔術師の間で流行ったのは、そのせいなんだし)

難しいからこそ、勝負として燃えたのだ。

魔力付与のできる人間が十人にひとりくらいなら、重ね掛けが成功する人間は五十人にひとり程度だ。

ましてそれを複数回なんて、王宮魔術師にスカウトされるレベルだろう。

つまり、目の前の少女では歯が立たない。

少し可哀想かなと思ったが、ちょうどいいと気がついた。

「なあ、これで俺が勝ったらデートしてくれる?」

「でっ、えっ……!?」

「俺、君のこと気に入っちゃったんだよね。うちにスカウトしたいんだけど、どうかな?」

いたずらっぽく告げると、エリーの顔が真っ赤になる。

(あ、もう、すごくいい)

可愛い上に性格も良くて、物慣れなくて、おまけに素直。

さらに言えば純粋なんて、ものすごく好みだ。

今すぐこの屋敷から連れ出したい。あの人格破綻者どものそばに置いておくのはもったいない。

そういえば、「さらわれてない？」と聞いた時、一瞬目が泳いでいた。まさか本当にさらってきたのか？　マジで？　誘拐じゃねえか！

後で絶対聞き出そうと思いつつ、ラズリーは魔石を取り出した。

「じゃあ、改めて俺から――《魔力付与》」

先ほどと同じ、赤い光が立ちのぼる。

何度もやっている事なので、ラズリーの方は慣れている。ダテに勝負しまくっていたわけではない。ほぼ完璧に付与すると、「はい」とエリーに手渡した。

「わぁ……」

「綺麗だろう？」

魔石の表面に、うっすらと赤い色が透けている。

薄いベールで魔石をくるんだような色合いだ。エリーは目をきらめかせてそれを見ていたが、はっと気づいたように咳払《せきばら》いした。

「すみません、つい」

「ゆっくりでいいよ。焦ったら失敗するから、慎重に――……」

「――《魔力付与》」

途端、白い光が立ちのぼる。

ラズリーよりも短い時間で消えた光は、白い輝きとなって魔石を覆った。

「え……」

「どうぞ、ラズリー様」

魔石を渡されて、無意識に受け取る。

頭の中では今見た出来事が浮かんでいたが、思考が真っ白になっていた。

目の前で見たものが、まだ理解に追いついていない。

というより、理解できない。

（……え、え？　今、何が起こった？）

手渡された魔石には、完璧な付与が施されている。

見間違いではなく、彼女は付与を成功させたのだ。

（まぐれか？　いや、それにしては……）

一応はあのアーヴィン・ラッセルのところで働いているのだから、別に不思議な事ではない。

王宮魔術師とまではいかなくとも、それなりの才能があるはずだ。

あのジャクリーン・ブランシールでさえ、重ね掛けはできたと聞く。ならこの少女もそれくらいはできると考えるべきだろう。

もっとも彼女の場合は、話を聞く限り、己の魔力を重ねる事しかできなかったようだから、今回とは別物だ。

（俺の魔力を理解して、短時間で読み切ったってことか？）

そして付与を成功させた。

それだけでも十分すごい事だが、絶対不可能な事でもない。

そう、万が一、まぐれならあり得る。

そう自分を納得させて、ラズリーはごほんと咳払いした。

「じゃあ、次は俺の番――《魔力付与》」

ふたたび魔力が立ちのぼる。

初回より少し時間がかかったが、危なげなく魔力が付与される。

「どうぞ、お嬢さま《レディ》」

「ありがとうございます」

渡された魔石をエリーが見ている。先ほどよりも目がきらきらしているのは、他人の魔力を近くで見る事が珍しいせいかもしれない。

その顔も可愛い……と思っていると、エリーが魔石を軽く握った。

「――《魔力付与》」

途端、白い魔力が立ちのぼる。

ラズリーとは違い、初回とまったく同じ時間と速度だった。

「どうぞ、ラズリー様」

「は……え、あ?」

「きちんと付与できていると思います。続きをどうぞ」

エリーは無邪気な顔で自分を見ている。そこに特別な感情はない。ごく当然の事をしたという表情だ。

半信半疑で魔石を見たが、やはり付与は成功していた。

「何……え、どういうこと？」

「どうしたんですか、ラズリー様？」

「いや、だって……え、ええっ？」

手元の魔石を見たが、やはり完璧に付与されている。一切の無駄が存在しない。

（……え、これをあの子が？　本当に？　なんで？　この短時間で？　どうなってんの？）

「ラズリー様？」

「ああ、いや……なんでもない」

落ち着けと自分に言い聞かせ、ラズリーは気を引きしめた。

どうやらこの少女は、見た目ほど甘くはなさそうだ。

魔石に目を落とし、束の間目を閉じる。

そしてラズリーは口を開いた。

「――《魔力付与》」

今度は青い光が立ちのぼる。

先ほどの赤い光とは対照的な、揺らめく水のような色だ。それをエリーに渡すと、エリーは目を丸くした。

（俺としたことが、本気を出してしまった……）

今の魔力付与は大人げなかった。

エリーは珍しそうに魔石を見ている。だが、その属性を読み取る事はできないだろう。

ラズリーの付与した魔力は〝火〟。

一見すると水に見えるが、その正体は純度の高い純粋な炎だ。

炎の温度が高くなると、青白くなるのと少し似ている。おまけに隠蔽《いんぺい》魔法をかけて、正体を読み取りにくくしてある。

エリーが色につられて、水に合う魔力を付与すればこちらの勝ちだ。魔力のバランスが崩れ、重ね掛けは失敗する。勝負に慣れていないエリーは、駆け引きなど学んではいないだろう。

本当なら負けてやってもよかったのに、ついむきになってしまった。

思った以上の実力を見て、刺激されたのかもしれない。

（悪く思わないでくれよ、エリー）

勝負は非情なものなのだ。

そもそも、彼女の付与しているのは無属性だ。属性がない分、魔力付与もしやすいはずだ。

そう思ったラズリーは、ふと妙な違和感に気づいた。

（あれ？　そういえば……）

「――《魔力付与》」

何か思う前に、白い光が立ちのぼる。

目をやると、すでに付与は終了していた。

白い光をまとった魔石を差し出し、エリーが言う。

「どうぞ、ラズリー様」

「え……」

「次はラズリー様の番ですよ。どうぞ」

ぽかんとしたまま魔石を受け取り、ラズリーは間の抜けた顔になった。

え。

え。

え。

……え？

何が起こったのか分からない。

目の前にいる少女は、やはり無邪気な顔でこちらを見ている。その表情に特別なものは浮かんでいない。

だが――三回？

それもあっさりと、指先で表面をなでるだけのような気軽さで。

そんな事があるはずはないのに、少女は不思議そうな顔でたたずんでいる。まるで、どうしてそんな顔をしているんだと思っているような。

「いや、でも、付与が成功するはずは……」

「できていると思います。よかったら確認してください」

いや、だけど、と言いながら、手のひらに載せられた魔石を見る。確認するまでもなく、完璧に付与できている。

エリーが魔力付与にかかった時間は先ほどと同じだ。計ったわけではないけれど、あの時より時間がかかった様子はない。

今の状況が理解できず、ラズリーは呆然と魔石を眺めた。

ラズリーの仕掛けた罠を楽々とかわし、あっさり付与を成功させた。付与した魔力は無属性。先ほどと同じだ。

無属性の方がやりやすいのかと思ったが、すぐに気づいた。

違う。無属性の方が大変なのだ。

火の魔力が一に対し、無属性の場合は一・二倍。少し多めの魔力が必要となる。

水の魔力は少ないが、それでも一・一倍は必要とされる。つまり、重ね掛けの勝負において、無属性はそれだけで不利なのだ。

おまけにラズリーは、直前の魔力を水に擬態していた。彼女がそれに引っかかれば、即座に失敗していただろう。

それなのに、彼女の付与した魔力は髪の毛一筋ほどの揺らぎも見せなかった。

これはつまり、ラズリーの魔力を完全に見切っていたか、もしくは、どの属性の魔力でも構わないほどの完璧なる付与を行っていたかのどちらかだ。

そもそも、とラズリーは考える。

火には火、水には水を重ねた方が、魔力付与はうまくいく。そんなのは考えなくても分かる事だ。

直前の魔力と同じにすれば、反発は少ない。だからこそ、ラズリーも重ね掛けの勝負ならそうする。例外は相手が水の場合、火属性の魔法が得意なラズリーでは分が悪いので、強引に火に切り替える。

だがその際、無属性の魔力は使わない。

正確に言えば、無属性の魔力で覆う事はできない。簡単に侵食されてしまうせいだ。だから無理やり火の魔力を重ねるのだが、それもラズリーだからできる事だ。

無属性の魔力は汎用性《はんようせい》が高いが、特化型には弱い。

特に重ね掛けの勝負といった場合には、相手の魔力に引きずられ、その属性に染まってしまう。だから普通は使用しない。

(……おまけに)

先ほどの違和感の正体を知る。

無属性の魔力は、純粋な無属性というわけではない。

わずかに火や水の気配を宿す事がほとんどで、個人の得意な魔力が混ざってしまう。それが魔力付与の際、出来栄えに影響してしまうのだ。

それなのに、エリーが付与した魔力は、少しも他の属性を感じなかった。

純粋な、完全なる魔力。

そんなものは存在しないはずなのに。

(偶然、だよな……? まさか、そんなことが)

「綺麗な火の魔力ですね。青いのは珍しいなって思いました」

「え……気づいてたのか?」

「水みたいでしたけど、触った感じが。火を重ねてもよかったんですけど、無属性の方が綺麗だったので」

見ると、確かに白い魔力で覆われた中から色が透けて、淡い輝きが入り混じっている。その色合いは美しい。

「違う属性でもいいですよ。そうしますか?」

「え? いや——あの」

「五回まで、あと二回ですね。続けましょうか」

待ってくれ、と言いかけた口をラズリーは閉じる。

本能的に黙った方がいいと直感していた。

「どうぞ、ラズリー様」

エリーが可愛らしく首をかしげる。

その体から膨大な魔力がにじんでいるように見えるのは――きっと、気のせいだ。

目の前の光景がラズリーには信じられなかった。

「――《魔力付与》」

「《魔力付与》」

「《魔力付与》」

もう何度魔石が行き交ったか忘れそうだ。危なげなく付与を成功させた少女は、それをラズリーに手渡した。

「どうぞ、ラズリー様の番です」

「あ、ああ……」

手元の魔石は完璧に魔力付与されている。王宮魔術師の中でも見た事がないほどの、完璧な付与だ。

（嘘だろ？　もう二十二……いや、三回はやってるはずなのに）

まったく魔力が衰えず、付与される魔力の質も桁外れに高い。王宮魔術師と同レベルか、下手をするとそれ以上だ。

あの後、五回の付与をあっさり成功させた少女は、「ではそういうことで」と頭を下げて背を向けた。

思わず引き留めてしまったのは、魔術師としての性《さが》だった。

勝負がつくまで付き合ってくれと頼み込むと、エリーは困った顔をしたが、最後には承諾してくれた。

そして今、ラズリーは初めて会った少女を相手に、全力で魔力を展開している。

「なあ、本当に何者なんだ、君……《魔力付与》」

「この屋敷でお世話になっています。――《魔力付与》」

「そういう状況じゃないんだけど、君のことが気になるんだ。今度俺とデートしてくれる？

あ、《魔力付与》」

「そういうのはちょっと……《魔力付与》」

交わされている会話は平和だが、やり取りされる魔力量はすさまじい。先ほどからずっと、ラズリーはエリーを口説いている。

「本格的に君に興味が湧いてきた。俺が勝ったらぜひデートしてほしい。というわけで、《魔力付与》」

「それはちょっと……《魔力付与》」

「そう言わないで。《魔力付与》」

「困ります……《魔力付与》！」

軽口を叩いているが、ラズリーの表情は真剣だ。額に汗もにじんでいる。対するエリーは困惑しているが、疲れは微塵《みじん》も見せていない。

（なんなんだこの子……化け物か？）

ラズリーにそう思われている事などまったく知らず、エリーは付与を重ねていた。

その速度は初回と変わらない。速度だけでなく、魔力もだ。

それもそのはず、この程度の魔力付与は、彼女にとって日常だった。

ラズリーが知るはずもない事だが、目の前にいる少女は魔力付与において桁外れの能力者であり、ある種の規格外なのだ。

元々の実力に加え、魔力が足りなければポーションを飲まされ、違法な薬物まで摂取させられ、時には暴力が待っていた。それを回避しようと、血のにじむような努力を重ねたのだ。命がかかっていた分、上達も格段に速かった。

このレベルの魔力付与など、朝飯前だ。

だが、そんな事など思いもよらないラズリーは、ただただ圧倒されていた。

（信じられない……。なんだこれ、なんなんだ？）

自分の最高記録をあっさり塗り替え、あまつさえ更新してくるなんて。

おまけに、自分もエリーにつられ、普段以上の力を発揮している。

こんな感覚はアーヴィンとやり合った時以来だ。

もはや当初の目的を忘れ、ラズリーは目の前の出来事に夢中だった。

「デートが無理なら、お茶でもいい。ぜひ今度付き合ってほしい」

「お申し出はありがたいですが、私は閣下のおそばにいたいので……」

「なんであんな変人がいいんだよ？　やっぱり顔か？」

「閣下の顔がいいのは同感ですが、そういうわけではないですよ」

初対面でドン引きしたし……と告げた声はラズリーに届かない。

だが、そろそろ終わりが近づいていた。

（次が最後になるかもな。つか、成功するかもギリギリだけど）

とっくに自分の限界は突破して、今は未知の領域だ。それでも、なんとなくその感覚はあった。

「じゃあ、俺の番――《魔力付与》」

赤い光が立ちのぼる。

初回とは違い、その魔力は波打っているように見える。

それを意地で押さえつけ、強引に魔石を覆っていく。

手ごたえは悪くない。いけるかもしれない。

だが、わずかに気を抜いた瞬間、妙な感覚がラズリーを襲った。

（え……？）

目の前にあるのは無属性の魔力だ。それなのに、一瞬感じたのは水のような――。

あ、まずい、と思った瞬間、魔力がぶわっと広がった。

重ねた魔力が次々にほどけ、四方八方に散っていく。引き留める間もなく、色鮮やかな魔力が光って空に解けた。最後の魔力がふわりと揺れて、手の中で消えていく。

あっけなく魔力が消失すると、ラズリーは呆然とした顔になった。

「私の勝ち、ですね」

目を上げると、エリーが困った顔で笑っていた。

「すみません、さっきのを試してみたくて」

「さっきの？」

「水の魔力に似せて、火の魔力を付与するやつです。面白かったのでやってみたかったんですけど、気づかれそうだなと思っていて。でも、どうしても我慢できなくて……」

その発言で気がついた。

「……無属性の魔力に似せて、水の魔力を付与したのか？」

「ごめんなさい」

エリーは申し訳なさそうな顔をしていたが、そんなのはどうでもいい。

彼女がしていた擬態は完璧だった。

手に取ってさえ、まったく判別がつかなかった。普通の魔力持ちならともかく、自分は王宮魔術師なのに。

(勝負だって星の数ほどしてるってのに……擬態だって初めてじゃないってのに)

本当に、信じられないほどの実力差だ。

おまけに、とラズリーがひとりごちる。

最後、自分の付与はぎりぎりで、今のがなくても成功するかは賭けだった。それなのに、彼女はあっさり付与を成功させたあげく、カムフラージュする余裕さえあったのだ。

それはつまり、彼女はまだまだ余力があって、こんなものは物の数にも入らないという事だ。

(駄目だな、これは)

どう考えても、完敗だ。

「俺の負けだよ。おめでとう」

「ありがとうございます、ラズリー様」

楽しかったですと、エリーがはにかんだように微笑む。

その笑顔は、疲労し切った体と心に染み渡った。

あ、ヤバい。本当にヤバい。

「……やっぱいいな」

「え？」

「君、俺と一緒に来ない？」

その手を握りしめると、エリーがぎょっとした顔になる。

「ら、ラズリー様？」

「絶対大事にする。ここよりもっと給料も出す。だから、頼む。考えてくれ」

「そう言われても、私はお給料をもらっているわけではなく……」

「え、まさか無償で働かせてるのか？　なんて奴らだ、さすが人格と性格と一般常識に問題のある色々破綻者どもだな！」

「そういうわけではなくてですね……」


「――何をしている」


その時だった。

エリーが答えるより早く、その手が容赦なく払い落とされた。

同時にエリーの体が後ろにかしぐ。いや、そうではなくて、現れた人物に抱き込まれたのだ。

エリーの体を後ろからすっぽりと抱きかかえたまま、彼は整った眉を寄せた。

「私の屋敷に何の用だ、ラズリー」

「閣下！」

エリーが弾んだ声を上げる。

「お帰りなさい、早かったですね」

「妙な気配を感じたので戻った。何もなかったか、エリー」

「大丈夫です」

そこにいたのは、呆れるほど整った容姿の青年だった。

艶を帯びた黒髪に、どきりとするほど深い瞳。

白皙《はくせき》の美貌という言葉があるが、そんな言葉では到底足りない。暗闇に輝く星にも似た、奇跡のような美しさだ。

彼が現れただけで、その場の空気が一変する。

美の神というものが存在しているなら、彼だけ特別贔屓《ひいき》して作ったのだろう。それも頷けるくらい、その外見は麗しい。

中身は少々残念だが、身分は公爵。おまけに魔力の才能もずば抜けている。

認めるのは癪《しゃく》だが、間違いなく極上の部類だろう。悔しいが、それは認めざるを得ない。

そんな事を思われているとは知らず、アーヴィンはエリーを抱っこしたまま動かなかった。

「か……閣下。この姿勢は恥ずかしいんですが……」

「君の身に危険があるかもしれない。もう少しこのままで」

「いえ、勝負していただけなので。大丈夫です」

「勝負？」

アーヴィンが首をかしげる。その後ろからサイラスもやってきた。

「もう閣下、いきなり走り出さないでくださいよ。おまけにやたらと足が速い……あっエリー、ただいま。今日も相変わらずいちゃいちゃしてるね。あれ？　お客様ですか？」

「さ、サイラス様……」

「なんだ、ラズリー様じゃないですか。今日は閣下とお約束が？」

ラズリーとも面識があるサイラスが、目ざとく自分を見つけ出す。

「いや、そういうわけじゃ……」

「いつもの勝負ですか？　それとも喧嘩《けんか》売りに来たんですか？　懲《こ》りないですね、相変わらず」

「相変わらず失礼な奴だな、本当に」

違う、と言ってからじろりとにらむ。

最初は丁寧だったのに、主の許可を受けて以来こうなった。

気楽でいいが、少しムカつく。あと他の人間の前では絶対に尻尾を出さないところもかなりムカつく。

だが、そんな事はどうでもいい。

「アーヴィン、その子俺にくれ！」

「はっ？」

「えっ？」

「……何を言っている？」

サイラスとエリーが目を丸くする。アーヴィンも訝しげな顔をしていたが、それを気にも留めずラズリーは言った。

「お前の恋人に会いに来たんだけど、そんなのもうどうでもいい。すげえよその子、マジですげえ！　ぜひうちに迎えたい。いや、王宮魔術師にスカウトしたい！　俺の助手になってくれないか、エリー？　給料はここの十倍出す。いや、二十倍でもいい！」

「あ……あのですね、ラズリー様」

エリーが何か言いかけたが、その前にアーヴィンが口を開く。

「不可能だ、それは」

「なんでだよ！　別にいいだろ」

「エリーは渡せない。なぜなら――エリーは私の恋人だ」

「…………は？」

ラズリーがぽかんとした顔になる。その正面でアーヴィンが淡々と告げた。

「恋人だ。聞こえなかったか？　ならもう一度言おう。エリーは私の恋人だ。毎朝毎晩ベッドの上まで愛し合っている、世界で一番大切な人だ」

アーヴィンは真顔で述べている。その腕の中でエリーが「語弊‼」と叫んだ。

「やめてください、誤解されるじゃないですか。その……べ、ベッ……、ド、の上……、なんて、あのっ……」

「ベッドの上でも私は君のことを考える。そして愛おしいと再確認して眠りに落ちる。何も間違っていないはずだ」

「相変わらず言葉の選び方がおかしいですね、閣下は」

サイラスが突っ込みを入れているが、エリーは完全に赤面している。

だが、理解できない。

「……え、その子が？　お前がさんざんのろけまくってた恋人？　で、魔力付与があれだけできて、魔力量が規格外で、おまけに可愛くて性格も良くて、反応まで可愛いの？　マジで？　なんで？　変人じゃなくて？」

「なんでと言われても、事実なのだからしょうがない」

あと彼女は変人ではない、と付け加える。

唖然としていたラズリーだが、ふと先日の会話を思い出した。

（そういえば、あの時……）

――魔力は私を遥かに凌駕して、魔力付与の才能もあり、魔導具にも詳しく、魔術談義には事欠かない、この上なく愛らしい人間がいる――


確か、彼はそう言っていたはずだ。

あの時は冗談だろうと思っていたが、まさか。


――戦いには不向きだが、魔力付与の才能はお前よりも上だ。もちろん、私よりも。


話半分に聞いていたが、半分どころか、実際はそれをはるかに超越していた。

「……本当に存在してるなんて思うかよ普通……」

恋人はともかく、そっちは完全に信じていなかった。

「エリーはここに存在している。そして常に私の心を奪う」

平然と答えた後、アーヴィンは愛おしそうにエリーを見る。

静かに髪に触れる様子は、大切な宝物に触れるようだ。その目がとろけるような甘さを宿し、唇がゆるやかに持ち上がる。

とんでもない美貌の主の微笑みは、その場の視線を釘づけにした。

ラズリーはひそかに息を呑んだ。

（うっわ……すげえ）

超絶美形が本気で色気を垂れ流しにすると、こうなるのか。

濃密な空気の中、大輪の薔薇が咲きこぼれたような。

磨き抜かれた水晶の玉に、純度の高い愛情を閉じ込めたような。

どんな言葉よりも、その表情は心臓にきた。

「か……閣下……」

エリーはそれ以上だったのか、完全に硬直している。

それを見ていたサイラスが、やれやれと言ったように息を吐いた。

「残りは俺がお引き受けします。そういうわけで、ラズリー様。今日のところはお帰りになられた方がよろしいかと」

「いや、けど、俺はまだ……」

「あれ、もしかしてご存じないんですか？」

首をかしげ、サイラスはエリーに視線をやる。

「彼女の本名《フルネーム》、エリー・ブランシールっていうんですけど」

「へえ、いい名前だな……ん？　ブランシール？」

どこかで聞いた名前だと、ラズリーが記憶を探る。

「ああ、確かジャクリーン・ブランシールがそうだったな。そうか、同じ苗字なのか。偶然だな……んん？」

「ついでに言うと、綺麗な紫色の目ですよね。ジャクリーン・ブランシールとそっくりの」

「確かに、俺もそう思ってた……んん？」

「さらに言えば、彼女はジャクリーン・ブランシールに捨てられて、閣下に拾われたという過去があります」

「そうか、それは大変だな……んんん？　捨てられた？」

「その後捨てたはずのエリーを拾いに戻ってきましたが、返り討ちに遭いました。詳細は省きますが、二度と同じことはしないでしょう」

「それはまた災難だな……んんんん？　返り討ち？　二度としない？」

「ちなみに、手を回したのは俺ですよ」

人なつっこい顔で微笑まれ、ラズリーは目を丸くする。

一瞬の沈黙の後、その顔がさーっと青ざめた。

「じ……じゃあ、彼女が公爵家の別邸に侵入した後、あれこれ噂が流れたのは……」

「俺ですね」

「その噂がある時から、ピタッと聞こえなくなったのは……」

「俺ですね」

「ジャクリーン・ブランシールが破滅したのも……」

「それについては自業自得ですけど、まあ俺ですね」

「――帰る」

ラズリーは唐突に呟いた。

「今は帰る。けどな、覚えとけ！　俺は出直してくる。そしていつか堂々とその子を奪う！

なんなら助手じゃなくて、結婚申し込んでやる。俺も割とお買い得だ！」

びしっと指を突きつけると、エリーがぎょっとした顔になる。

「ら、ラズリー様？」

「迷惑だ」

うろたえるエリーとは対照的に、アーヴィンが眉を寄せている。

「エリーは渡さない。帰れ、さっさと」

「うるせえよ！　元同僚に冷たすぎるんだよお前は！」

「私が冷たいのではなく、お前の魔力が熱いだけだ」

「火だからな……って、そういう意味じゃねえよ！　相変わらず言葉が通じねえなお前は！」

「まあまあ。相変わらず仲がよろしいですね、お二人とも」

「お前に言われたくねえよ！」

サイラスに叫んだ後、ラズリーは改めて宣言した。

「というわけで、じゃあな、お前たち。また来るからな！」

「別に二度と来なくてもいい」

「次は事前にご連絡くださいねー」

「お、お構いもできませんで……」

三人三様の返事に、ラズリーは一度眉を寄せたが――思い直したように背を向けた。

今日は完敗だったが、次は絶対に譲らない。

思った以上の才能を見つけて、ゾクゾクしている自分に気づく。

あの子なら――あの少女なら、もっと面白い景色が見られるはずだ。

自分の外見は十分すぎるほど整っているし、身分は一応貴族だし、口は悪いが性格はいい。

外面だって完璧だ。あの変人と違って、パーティのエスコートもできるだろう。

条件としては申し分ない。

ライバルは手ごわいが、その分燃える質《たち》である。簡単に負ける気はしない。

「楽しみが増えたな」

今度から、頻繁《ひんぱん》にこの屋敷に通ってやろう。

確か果物と菓子を買ってくると言っていたから、おいしい手土産も持っていこう。エリーならきっと、無下に追い返す事はしないはずだ。

待ってろよと思いつつ、手の中の魔石を握りしめる。

そこにはエリーに付与された魔力が揺らめいている。

ただの無属性ではない。純粋な、強い魔力を押し固めたような美しさ。

こんな真似ができるのは、王国中探しても彼女だけだ。

この魔石は使わずにおこうと、ラズリーはひそかに心に誓う。

次に会う時には、もっと、きっと。

「待ってろよ、本当に」

唇にかすかな笑みが浮かぶ。

それから、魔石をポケットに押し込んだ。

後日、やってきたラズリーがアーヴィンの仕掛けておいたネズミ捕り用魔導具に引っかかって大変な事になるのだが——それはまた、別のお話。

了

あとがき

初めまして、片山絢森と申します。

まずはこの本を手に取っていただきありがとうございます。この度ご縁があって、ベリーズファンタジー様から本を出していただける事になりました。

このお話は、元々「小説家になろう」という小説サイトに掲載していたものです。そこから加筆・修正し、書き下ろしを加えての発行となりました。連載当時はそれほど変化がなかったのですが、完結した後に読んでいただく機会が増えたようで、そこから閲覧数が伸び、その結果、ありがたい事に、こうしてお話をいただく事ができました。

現在はコミカライズもされており、大都社・秋水社様ご協力の元、樋口あや先生が素敵に仕上げてくださっています。書籍版とは一味違った雰囲気になっているかと思いますので、よろしければそちらもぜひご覧になってくださいね。書籍版ともども、楽しんでいただけたら幸いです。

そして……そして、ですね……。

この本は書き下ろし部分がちょっと、多めで、ですね……。元のお話は加筆前、確か八万字弱程《ほど》だったのですが、それに対し、書き下ろしが……にまんじ……超え、て、しまっ、て……。

どう考えてもアホだろう⁉　アホですよね⁉　でも目いっぱい楽しんで書いたので、少しでも楽しんでいただけたなら幸いです。

今後の二人ですが、閣下はエリーの事が大好きなので、この先たっぷり甘やかすんじゃないかと思います。エリーも閣下の事が好きなので、仲良くやっていくのではないでしょうか（問題発言はたまにする）。あとサイラスがラスボス化してちょっと困った。一番弱いんじゃなかったのかお前……。

それはともかく、こうしてご挨拶できているのも、ひとえに皆様のおかげです。

当時お話を読んでくださった方、どうもありがとうございます。あの時の閲覧数や反応が、この一冊に結びついたのだと思っています。当時も今も、感謝の気持ちでいっぱいです。

イラストを担当してくださったノズ先生、どうもありがとうございます。カバーイラストがものすごく可愛くて、キャラはもちろん、衣装も含めて大好きです。もう全部最高です！

書籍化のお話をくださった編集様、文章を見てくださったライター様、校正様、その他この本に携わってくださったすべての方に深く御礼申し上げます。本当にありがとうございました。

そしてもちろん、この本を手に取ってくださった方にも心からの感謝を込めて。

またどこかでお会いできたら幸いです。皆様に幸運がありますように！

片山《かたやま》絢森《あやもり》

お姉様、いつまで私のこと
「都合のいい妹」だと思っているのですか？
～虐げられてきた天才付与師は、第二の人生を謳歌する～

2024年1月5日　初版第1刷発行

著　者　片山絢森

© Ayamori Katayama 2024

発行人　菊地修一

発行所　スターツ出版株式会社

〒104-0031　東京都中央区京橋1-3-1　八重洲口大栄ビル7F
☎出版マーケティンググループ　03-6202-0386
（ご注文等に関するお問い合わせ）

https://starts-pub.jp/

印刷所　大日本印刷株式会社

ISBN　978-4-8137-9296-3　C0093　Printed in Japan

この物語はフィクションです。
実在の人物、団体等とは一切関係がありません。
※乱丁・落丁などの不良品はお取替えいたします。
　上記出版マーケティンググループまでお問い合わせください。
※本書を無断で複写することは、著作権法により禁じられています。
※定価はカバーに記載されています。

［片山絢森先生へのファンレター宛先］
〒104-0031　東京都中央区京橋1-3-1　八重洲口大栄ビル7F
スターツ出版（株）　書籍編集部気付　片山絢森先生

BF ベリーズファンタジー
大人気シリーズ好評発売中！

ねこねこ幼女の愛情ごはん
～異世界でもふもふ達に料理を作ります！4～

1～4巻

葉月クロル・著　Shabon・イラスト

新人トリマー・エリナは帰宅中、車にひかれてしまう。人生詰んだ…はずが、なぜか狼に保護されていて⁉　どうやらエリナが大好きなもふもふだらけの世界に転移した模様。しかも自分も猫耳幼女になっていたので、周囲の甘やかしが止まらない…！　おいしい料理を作りながら過保護な狼と、もふり・もふられスローライフを満喫します！シリーズ好評発売中！

BF
毎月5日発売
Twitter
@berrysfantasy

恋愛ファンタジーレーベル
好評発売中!!
毎月5日発売

定価:1430円（本体1300円+税10%） ISBN 978-4-8137-9226-0

BF Sweet
ベリーズファンタジー
スイート

ワクキュン！　心ときめく

ベリーズファンタジースイート

定価:1430円（本体1300円＋税10%）　ISBN 978-4-8137-9225-3

ベリーズ文庫
ベリーズ文庫の異世界ファンタジー人気作

Berry's fantasy ベリーズファンタジー にて

コ×ミ×カ×ラ×イ×ズ×好×評×連×載×中×！

しあわせ食堂の異世界ご飯 ①〜⑥

ぷにちゃん

イラスト　雲屋ゆきお

定価 682 円
（本体 620 円＋税 10%）

平凡な日本食でお料理革命!?
皇帝の胃袋がっしり掴みます！

料理が得意な平凡女子が、突然王女・アリアに転生!?　ひょんなことからお料理スキルを生かし、崖っぷちの『しあわせ食堂』のシェフとして働くことに。「何これ、うますぎる！」――アリアが作る日本食は人々の胃袋をがっしり掴み、食堂は瞬く間に行列のできる人気店へ。そこにお忍びで冷酷な皇帝がやってきて、求愛宣言されてしまい…!?

ISBN：978-4-8137-0528-4　※価格、ISBN は 1 巻のものです

BF ベリーズファンタジー
大人気シリーズ好評発売中！

追放されたハズレ聖女はチートな魔導具職人でした

1〜2巻

白沢戌亥・著　みつなり都・イラスト

前世でものづくり好きOLだった記憶を持つルメール村のココ。周囲に平穏と幸福をもたらすココは「加護持ちの聖女候補生」として異例の幼さで神学校に入学する。しかし聖女の宣託のとき、告げられたのは無価値な〝石の聖女〟。役立たずとして辺境に追放されてしまう。のんびり魔導具を作って生計を立てることにしたココだったが、彼女が作る魔法アイテムには不思議な効果が！　画期的なアイテムを無自覚に次々生み出すココを、王都の人々が放っておくはずもなく…!?

BF
毎月5日発売
Twitter
@berrysfantasy

BF ベリーズファンタジー
大人気シリーズ好評発売中！

雨宮れん・著
くろでこ・イラスト

ループ11回目の聖女ですが、隣国でポーション作って幸せになります！
1～2巻

聖女として最高峰の力をもつシアには大きな秘密があった。それは、18歳の誕生日に命を落とし、何度も人生を巻き戻っているということ。迎えた11回目の人生も、妹から「偽聖女」と罵られ隣国の呪われた王に嫁げと追放されてしまうが……「やった、やったわ！」──ループを回避し、隣国での自由な暮らしを手に入れたシアは至って前向き。温かい人々に囲まれ、開いたポーション屋は大盛況！さらには王子・エドの呪いも簡単に晴らし、悠々自適な人生を謳歌しているだけなのに、無自覚に最強聖女の力を発揮していき…!?

BF
毎月5日発売
Twitter
@berrysfantasy